LES
FIANCÉS,

HISTOIRE MILANAISE DU XVIIe SIÈCLE,

DÉCOUVERTE ET REFAITE

PAR ALEX. MANZONI,

TRADUITE DE L'ITALIEN

Sur la troisième édition ;

PRÉCÉDÉE D'UN ESSAI SUR LE ROMAN HISTORIQUE

ET SUR LA LITTÉRATURE ITALIENNE,

PAR M. REY DUSSUEIL.

❦

Tome Deuxième.

❦

PARIS,

CHARLES GOSSELIN, LIBRAIRE

DE SON ALTESSE ROYALE MONSEIGNEUR LE DUC DE BORDEAUX,

Rue Saint-Germain-des-Prés, n° 9 ;

A. SAUTELET ET Cie, LIBRAIRES,

PLACE DE LA BOURSE.

———

1828.

GUIRAUDET, IMPRIMEUR.

LES FIANCÉS.

TOME II.

IMPRIMERIE DE GUIRAUDET,

RUE SAINT-HONORÉ, N° 315.

LES
FIANCÉS,

HISTOIRE MILANAISE DU XVIIe SIÈCLE,

DÉCOUVERTE ET REFAITE

PAR ALEX. MANZONI,

TRADUITE DE L'ITALIEN

Sur la troisième édition,

PAR M. REY BUSSUEIL.

* * *

Tome Deuxième.

PARIS,

CHARLES GOSSELIN, LIBRAIRE

DE SON ALTESSE ROYALE MONSEIGNEUR LE DUC DE BORDEAUX,
Rue Saint-Germain-des-Prés, n° 9;

A. SAUTELET ET Cie, LIBRAIRES,

PLACE DE LA BOURSE.

—

1828.

LES FIANCÉS.

CHAPITRE VIII.

« Carneade ! quel est cet homme-là ? » disait à
part soi don Abbondio, assis sur son fauteuil,
dans une pièce de l'étage supérieur, un livre ouvert devant lui, quand Perpetua entra pour lui
porter le message. « Carneade ! Il me semble bien
« d'avoir entendu ou lu ce nom : ce devait être un
« savant, un littérateur du temps passé ; c'est un
« de ces noms-là. Mais qui diable était ce Car-
« neade ? » tant le pauvre homme était loin de
prévoir quelle bourrasque s'amassait sur sa tête.
Il est bon de savoir que don Abbondio s'a-
musait à lire tous les jours quelques lignes, et
qu'un curé, son voisin, qui avait une petite bi-
bliothèque, lui prêtait un livre après l'autre, le
premier qui lui tombait sous la main. Celui sur
lequel méditait en ce moment don Abbondio, en
convalescence de la fièvre de la peur, même plus
guéri (quant à la fièvre) qu'il ne voulait le laisser croire, était un panégyrique en l'honneur de
saint Charles, prononcé avec beaucoup d'emphase et écouté avec beaucoup d'admiration

dans la cathédrale de Milan, deux ans auparavant. Le saint y était comparé, à cause de sa passion pour l'étude, à Archimède; et jusque là don Abbondio n'y trouvait point de difficultés: car Archimède a fait de si grandes choses, il a tant fait parler de lui, que, pour en savoir quelque peu, il n'est pas besoin d'une érudition bien vaste. Mais, après Archimède, l'orateur faisait entrer aussi Carneade en parallèle; et c'est là que lecteur était resté dérouté. Là-dessus Perpetua annonça la visite de Tonio.

« A cette heure? » dit aussi tout naturellement don Abbondio.

« — Que voulez-vous? le monde n'a pas de « discrétion. Mais si vous ne le prenez pas au vol.

« — Si je ne le prends pas maintenant, qu « sait quand je le pourrai prendre? Faites- « venir.... Eh! eh! êtes-vous bien sûre au moi « que ce soit lui, Tonio?

« — Diable! » répondit Perpetua. Elle de cendit, ouvrit la porte, et dit : « Où êtes-vous? Tonio se fit voir; et au même instant parut au. Agnese, qui salua Perpetua par son nom.

« Bonsoir, Agnese, dit Perpetua. D'où venoi « nous à cette heure?

« — Je viens de.... » Et elle nomma un vill voisin. « Et si vous saviez...., poursuivit-elle, « m'y suis querellée à cause de vous.

« — Oh! pourquoi? » demanda Perpetua; se tournant vers les deux frères : « Entrez, « elle, j'y vais aussi.

« — Parce que, reprit Agnese, une de ces
« femmes qui ne savent pas les choses et en
« veulent parler...., le croiriez-vous? s'obstinait
« à dire que vous ne vous étiez point mariée
« avec Beppo Suolavecchia, ni avec Anselmo
« Lunghigna, parce qu'ils n'avaient pas voulu
« de vous. Je soutenais, moi, que vous les aviez
« refusés l'un et l'autre....

« — Assurément. Oh! la menteuse! l'impos-
« teuse! Quelle est cette femme?

« — Ne me le demandez pas, parce que je
« n'aime pas à mettre les gens mal ensemble.

« — Vous me le direz, vous me le devez dire.
« Oh! la menteuse!

« — Suffit!... Mais vous ne sauriez croire
« combien je m'en voulais de ne pas bien con-
« naître toute l'histoire pour la confondre.

« — C'est une effrontée menteuse, dit Perpe-
« tua, la plus infâme! Quant à Beppo, tout le
« monde sait et a pu voir.... Eh! Tonio! entrez,
« et tirez la porte: j'y vais aller. » Tonio répondit affirmativement de l'intérieur, et Perpetua, tout échauffée, poursuivit sa narration.
En face de la porte de don Abbondio s'ouvrait
entre deux maisonnettes une rue qui ne courait
en droite ligne que la longueur de deux maisons,
et tournait ensuite vers la campagne. Agnese s'y
dirigea, comme si elle eût voulu se tirer à l'é-
cart pour parler plus librement, et Perpetua la
suivit. Quand elles eurent tourné le coin, et
qu'elles furent en un lieu d'où l'on ne pouvait

plus voir ce qui se passait devant la maison de
don Abbondio, Agnese toussa très fort : c'était
le signal. Renzo l'entendit, ranima le courage
de Lucia en lui serrant le bras ; tous deux, sur
la pointe du pied, tournèrent aussi le coin où
ils s'étaient tenus cachés, se glissèrent doucement, doucement, le long du mur, arrivèrent
la porte, l'ouvrirent avec précaution, entrèrent
en silence et en se tenant tous deux bais-
sés dans le corridor où les deux frères étaien
à attendre. Renzo ferma sans bruit le loquet, e
tous quatre se mirent à monter les marches, en
ne faisant pas de bruit pour deux. Arrivés sur l
carré, les deux frères se présentèrent devant l
porte de l'appartement qui était sur le côté d
l'escalier ; les fiancés se tinrent serrés au mur.

« *Deo gratias,* » dit Tonio d'une voix clair
« —Tonio, eh ! entrez, » répondit la voix c
dedans.

Celui-ci, s'entendant appeler, ouvrit la porte
peine assez pour y passer lui et son frère l'
après l'autre. Le rayon de lumière qui sor
aussitôt par cette ouverture, et glissa sur le pa
obscur du carré, fit tressaillir Lucia, com
si elle avait été découverte. Les deux frè
étant entrés, Tonio ferma la porte sur lui ;
fiancés restèrent immobiles dans les ténèbr
l'oreille tendue, retenant leur haleine : le s
bruit qu'on eût entendu était le battement
pauvre cœur de Lucia.

Don Abbondio était, ainsi que nous l'avons

sur un vieux fauteuil, enveloppé dans une vieille houpelande, coiffé d'un vieux berret qui lui encadrait le visage, comme le bonnet du pape, à la lueur ménagée d'une petite lampe. Deux touffes épaisses de cheveux qui s'échappaient du berret, deux épais sourcils, deux épaisses moustaches, une épaisse *royale* le long du menton, chenus et épars sur cette face brune et ridée, ressemblaient presque à ces buissons couverts de neige qui se dessinent au milieu d'un précipice, au clair de la lune.

« Ah! ah! » Tel fut son salut, pendant qu'il ôtait ses besicles et les mettait sur son petit livre.

« — Le seigneur curé dira que je suis venu « tard, » dit Tonio en s'inclinant, comme le fit aussi, mais plus gauchement, Gervaso.

« — Assurément il est tard, tard de toutes les « manières. Savez-vous que je suis malade?

« — Oh! j'en suis bien fâché!

« — Vous l'aurez ouï dire; je suis malade, et « je ne sais pas quand je pourrai être visible.... « Mais pourquoi avez-vous amené avec vous « ce.... ce garçon?

« — Pour me tenir compagnie, seigneur curé.

« — Baste, voyons.

« — Ce sont vingt-cinq *berlinghe* toutes neuves, « de celles qui ont un saint Ambroise à cheval, » dit Tonio en tirant de sa poche un petit paquet noué.

« — Voyons, » reprit don Abbondio; et ayant

pris le paquet, il remit ses besicles, le délia, tira les *berlinghe,* les tourna, les retourna, les compta, les trouva irréprochables.

« Maintenant, seigneur curé, vous me don-
« nerez le collier de ma Tecla.

« — C'est juste, » répondit don Abbondio. Il alla vers une armoire, passa une clé dans la serrure, et, regardant derrière lui comme pour te-
nir les spectateurs à distance, il ouvrit un côté de la porte, remplit avec son corps l'ouverture qu'il venait de pratiquer, enfonça la tête pour regarder et un bras pour retirer le gage; il le retira, ferma l'armoire, déploya le cornet de papier, dit, « Est-ce cela? » le replia, et le remit à Tonio.

« Maintenant, dit celui-ci, ayez la bonté de
« mettre un peu de noir sur du blanc.

« — Encore cela, dit don Abbondio. Ils les
« savent toutes. Eh! comme le monde est devenu
« soupçonneux! Ne vous fiez-vous pas à moi?

« — Comment, seigneur curé! si je m'y fie?
« Vous me faites tort d'en douter; mais comme
« mon nom est sur votre gros livre, du côté de la
« dette...., puisque vous avez déjà pris la peine
« d'écrire une fois.,... On peut mourir....

« — Bien, bien, » interrompit don Abbondio;
et, tout en grommelant, il tira à lui un tiroir de la table, y prit du papier, une plume et un cornet, et il se mit à écrire, en répétant de vive voix les mots au fur et à mesure qu'ils tombaient de sa plume. Alors Tonio, et, à un signe

qu'il fit, Gervaso, se postèrent sur leurs pieds
devant la table, de manière à ôter la porte de
vue à l'écrivain. Comme par délassement, ils
allaient traînant leurs pieds sur le parquet, pour
avertir ceux qui étaient dehors qu'ils pouvaient
entrer, et en même temps pour que leurs pié-
tinements couvrissent le bruit. Don Abbondio,
absorbé dans son écriture, ne prenait garde à
rien autre. Au signal convenu, Renzo prit un
bras de Lucia, le serra fortement pour lui donner du courage, et se mit à marcher en l'entraî-
nant toute tremblante, car elle n'aurait pas eu
la force de se conduire elle-même. Ils entrèrent
tout doucement sur la pointe des pieds, en retenant leur haleine, et se mirent derrière les deux
frères. Cependant don Abbondio, ayant fini d'é-
crire, relut attentivement sans lever les yeux de
dessus le papier; il le plia. « Serez-vous content
« maintenant? » Et ôtant d'une main les besicles
du nez, il tendit de l'autre la feuille de papier à
Tonio en levant la tête. Tonio, avançant la main
pour la prendre, se tira d'un côté; Gervaso, à
un signe qu'il lui fit, se tira de l'autre; et voilà
que l'on vit, comme par un coup de théâtre,
Renzo et Lucia paraître au milieu. Don Abbondio entrevit, vit clairement, s'alarma, resta
muet de surprise, entra en fureur, réfléchit,
prit une résolution, tout cela dans le temps que
Renzo mit à dire les paroles sacramentelles.
« Seigneur curé, en présence de ces témoins, je
« prends celle-ci pour femme. » Ses lèvres n'a-

vaient pas encore cessé d'être agitées, que don
Abbondio avait déjà laissé tomber la quittance,
pris et soulevé la lampe avec la main gauche,
saisi avec la droite le tapis qui couvrait la table,
et, le tirant à lui avec rage, fait tomber à terre
livre, papier, cornet et poussière; puis, se glissant entre le fauteuil et la table, il s'était ap-
proché de Lucia. La pauvrette, avec sa voix douce
et alors toute tremblante, avait à peine pu dire :
« Et voici...., » que don Abbondio lui avait jeté
brusquement le tapis sur la tête et sur la figure,
pour l'empêcher de prononcer la formule toute
entière. Aussitôt, laissant tomber la lampe qu'il
tenait de l'autre main, il s'aida aussi de celle-là
pour lui envelopper la tête dans l'étoffe au point
de l'étouffer; et cependant il criait à tue-tête
comme un taureau blessé : « Perpetua, Perpe-
« tua, trahison, au secours ! » Le lumignon
mourant sur le carreau jetait une lueur lan-
guissante et inégale sur Lucia, qui, toute alarmée, ne tentait pas de se dégager, et semblait
une statue ébauchée en argile, sur laquelle l'ar-
tiste a jeté un drap humide. Toute lumière
éteinte, don Abbondio laissa la pauvre fille, et
alla cherchant à tâtons la porte qui conduisait
à une pièce plus reculée, la trouva, y entra,
s'y renferma, criant toujours : « Perpetua, tra-
« hison, au secours, hors d'ici, hors d'ici. »
Tout était confusion dans l'autre appartement;
Renzo, cherchant à saisir le curé, et envoyant
les mains comme s'il eût joué à colin-maillard,

était arrivé à la porte et il la secouait en criant :
« Ouvrez, ouvrez! pas tant de tintamarre! »
Lucia appelait Renzo d'une voix étouffée, et elle
lui disait en suppliant : « Allons-nous-en, allons-
« nous-en, pour l'amour de Dieu. » Tonio,
à quatre pates, balayait les carreaux avec ses
mains, pour accrocher sa quittance. Gervaso, épouvanté, criait et sautait, cherchant
la porte de l'escalier pour sortir et se sauver.

Au milieu de cette bagarre, nous ne pouvons
nous empêcher de nous arrêter un moment pour
faire une réflexion. Renzo, qui causait toute
cette frayeur, de nuit, dans une maison étrangère où il s'était introduit furtivement, et qui
tenait le maître lui-même assiégé dans sa chambre, a tout l'air d'un oppresseur; et pourtant
au fond c'était lui qui était l'opprimé. Don Ab-
bandio surpris, mis en fuite, épouvanté, tandis
qu'il vaquait tranquillement à ses affaires, semble la victime; et pourtant en réalité c'était lui
qui portait préjudice. Ainsi va souvent le monde.... Je veux dire ainsi allaient les choses au
dix-septième siècle.

L'assiégé, voyant que l'ennemi ne paraissait
pas près de décamper, ouvrit une fenêtre qui
donnait sur le cimetière, et se mit à crier :
« Au secours! au secours! » Il faisait le plus
beau clair de lune du monde; l'ombre de l'é-
glise, et plus en dehors l'ombre allongée et dé-
liée du clocher, s'étendait noire, immobile et
distincte sur la plaine couverte d'herbes et bril-

I.

lante du cimetière. On pouvait distinguer tous
les objets presque comme s'il eût fait jour. Mais
du plus loin où la vue pouvait s'étendre on ne
voyait aucune apparence d'être vivant. Tou-
chant le mur latéral de l'église, et du côté qui
regardait vers la cure, était un petit réduit, un
chenil, où dormait le sacristain. Celui-ci, éveillé
par ce cri lamentable, fit un saut sur son lit, se
leva en hâte, ouvrit le châssis de sa petite fenêtre, mit le nez dehors, avec les paupières encore
collées à l'œil, et dit : « Qu'est cela ? »

« Courez, Ambrogio ! au secours ! Des gens
« chez moi, » cria vers lui don Abbondio. —
« J'y vais tout de suite, » répondit celui-ci. Il
retire sa tête, referme son châssis, et, bien qu'à
demi endormi et plus qu'à demi mourant de
peur, il trouve sur-le-champ un expédient pour
porter plus de secours qu'on ne lui en demandait, sans s'aller fourrer au milieu de la bagarre. Il prend ses braies, qu'il tenait sur son
lit, les met sous son bras comme un chapeau de
cérémonie, et monte aussitôt en sautillant par
un petit escalier en bois ; il court au clocher,
prend la corde de la plus grosse des deux cloches,
et sonne le tocsin.

Ton, ton, ton, ton. Les paysans se mettent
sur leur séant dans leur lit ; les garçons couchés
dans le grenier prêtent l'oreille et se dressent
sur leurs pieds. « Qu'est-ce ? qu'est-ce ? Le toc-
« sin ! Est-ce le feu ? des voleurs ? des assassins ?»
Plusieurs femmes exhortent, conjurent leurs

maris de ne pas bouger, de laisser courir le voisin ; quelques uns se lèvent et vont à la fenêtre ; les poltrons, comme s'ils se rendaient aux prières, s'empaquettent dans leurs couvertures ; les plus curieux et les plus braves descendent pour prendre des fourches et des arquebuses, et pour courir au lieu d'où part le bruit ; les autres restent spectateurs.

Mais avant qu'ils ne fussent prêts, avant même qu'ils ne fussent bien éveillés, le bruit avait déjà frappé les oreilles d'autres personnes qui veillaient non loin de là sur leurs pieds et tout habillées : les *bravi* d'une part, Agnese et Perpetua de l'autre. Nous dirons d'abord en peu de mots ce qu'avaient fait ceux-ci depuis le moment où nous les avons laissés, les uns dans la maison abandonnée, les autres à l'hôtellerie. Quand ces trois-ci virent toutes les portes fermées et la rue déserte, ils sortirent en feignant de s'en aller au loin ; ils firent à petits pas une tournée dans le village, d'où tout le monde s'était peu à peu retiré ; ils n'y rencontrèrent âme qui vive et n'entendirent pas le moindre bruit. Ils passèrent aussi, mais avec plus de précaution, devant notre pauvre chaumière : c'était la plus tranquille de toutes, car il n'y avait personne. Ils allèrent alors en droite ligne au lieu de réunion, et firent leur rapport au seigneur Griso. Celui-ci couvrit aussitôt sa tête d'un grand chapeau, jeta sur ses épaules un sarreau de toile cirée parsemé de coquilles, prit en mains un

bourdon de pèlerin, et dit : « Allons en *bravi*, en
« silence, et attentifs à l'ordre. » Il se mit en marche le premier, et les autres le suivirent. Ils arrivèrent en peu de temps à la chaumière par un
chemin opposé à celui par où notre petite troupe
s'en était allée pour faire aussi son expédition.
Griso fit arrêter sa bande à quelques pas de là ;
il alla seul en avant à la découverte, et, ayant
vu tout désert et tranquille au dehors, il fit
avancer deux de ces trouble-fêtes, leur donna
l'ordre de franchir adroitement le mur qui en-
fermait la petite cour, et, arrivés dedans, de se
tapir dans un angle sous un bosquet touffu de
figuiers qu'il avait avisé le matin. Cela fait, il
heurte à petits coups avec l'intention de se donner pour un malheureux pèlerin qui demandait
à être abrité jusqu'au jour : personne ne répond. Il
frappe de nouveau un peu plus fort : pas même un
« Doucement ! » Alors il va appeler un troisième
coquin, le fait descendre dans la cour par le
chemin qu'ont pris les deux premiers, avec
l'ordre de démonter doucement le verrou en dedans pour avoir l'entrée et la sortie libres. Tout
s'exécute avec beaucoup d'adresse et un plein suc-
cès. Il s'en va quérir les autres, les fait entrer avec
lui, les envoie se tapir dans le coin avec les autres,
ouvre la porte doucement, doucement, poste
deux sentinelles en dedans, et va droit à la porte
du rez-de-chaussée ; il heurte encore ; il attend :
il pouvait bien attendre. Alors il crochette aussi
sans bruit cette serrure. Personne ne dit de l'inté-

rieur, Qui va là ? personne ne se fait entendre ;
les choses ne sauraient aller mieux. En avant donc.
« St, » il appelle ceux qui sont cachés sous le
figuier, entre avec eux dans la pièce du rez-de-
chaussée où le matin il avait si hypocritement
mendié un morceau de pain. Il tire de l'amadoue,
la pierre à feu, le briquet et les allumettes, al-
lume sa lanterne, entre dans une pièce plus reculée pour voir s'il n'y aurait pas quelqu'un : il
n'y a personne. Il retourne, il va à la porte de
l'escalier, regarde, prête l'oreille : partout la so-
litude et le silence. Il laisse deux autres sentinelles au rez-de-chaussée, prend avec lui Grigna-
poco, un *bravo* des environs de Bergame, qui seul
doit menacer, apaiser, ordonner, enfin être l'orateur, afin que son accent donne à croire à Agnese
que l'expédition vient de ce pays. Avec cet homme à ses côtés, et les autres derrière, Griso
monte lentement, lentement, en donnant du
fond de son cœur au diable toute marche qui
crie, tous les pas de ces vauriens qui font du
bruit. Enfin il est au bout. C'est là que gît le lièvre. Il pousse mollement la porte qui mène au
premier étage, elle cède, il s'ouvre un passage,
il y présente l'œil : tout est sombre. Il y présente
l'oreille pour entendre si là-dedans quelqu'un
ronfle, respire, s'agite : rien. En avant donc. Il
met la lanterne devant son visage pour voir sans
être vu, ouvre la porte toute grande. Il touche
un lit, il se jette dessus : le lit est fait et uni,
avec le rebord bien tendu et couvrant le chevet.

Il hausse les épaules, se tourne vers sa suite, leur fait signe qu'il va voir dans l'autre pièce, et de le suivre bien doucement par-derrière. Il y va, fait le même manége, et trouve la même chose. « Que diable est cela ? » dit-il alors à plus haute voix. « Il faut que quelque chien de traître ait « fait l'espion. » Ils se mettent tous à regarder avec moins de précaution, à chercher dans tous les recoins; ils mettent la maison sens dessus dessous. Tandis qu'ils sont occupés à cela faire, les deux qui veillent à la porte de la rue entendent un petit bruit de pas, comme de quelqu'un qui s'avance de la campagne vers le village; le bruit s'approche; ils s'imaginent que, qui que ce soit, on passera sans s'arrêter; ils restent cois, et à tout événement ils se tiennent sur leurs gardes. Mais voilà que le bruit cesse et s'arrête devant la porte. C'était Menico qui venait en hâte, envoyé par le père Cristoforo, pour avertir les deux femmes que, pour l'amour du Ciel, elles s'échappassent aussitôt de leur maison et vinssent se réfugier au couvent, parce que...... il savait le pourquoi. Il prend le bouton du verrou pour heurter, et il se le sent venir à la main, disjoint et fracassé. « Qu'est ceci ? » pensa-t-il, et il pousse la porte un peu effrayé: elle s'ouvre. Il met un pied dedans, non sans un violent soupçon. Il se sent aussitôt saisir par les deux bras, et deux voix à droite et à gauche qui lui disent d'un ton menaçant : « Silence ! tais-toi, ou tu es « mort. » Lui, au contraire, pousse un cri; l'un

de ceux qui le tiennent serré lui met une large
main sur la bouche, l'autre le menace d'un grand
coutelas pour lui faire peur. Le petit garçon
tremble comme la feuille, et n'essaie plus de
crier ; mais au même instant, à sa place, et d'un
ton bien autrement fort, éclate le premier coup de
cloche, et après celui-ci un déluge d'autres coups
à la file. Qui est en faute est en crainte, dit un
proverbe milanais. A l'un et à l'autre des brigands il sembla d'entendre dans ce carillon ses
nom, prénom et surnom. Ils lâchent les bras de
Menico, retirent le leur en furie, lèvent la main,
ouvrent la bouche, se regardent en face, et
courent à la maison où était le gros de la troupe.
Menico sort, et se met à courir à toutes jambes
sur la route du clocher, où de bon compte il devait déjà se trouver quelqu'un. Le terrible coup
fit la même impression sur les autres brigands
qui furetaient du haut en bas de la maison. Ils
se troublent, s'alarment et se heurtent l'un l'autre ; chacun cherche le chemin le plus court pour
se jeter vers la porte. Et pourtant c'étaient des
gens éprouvés et accoutumés à faire face au péril ; mais ils ne purent pas garder leur sang-froid
contre un danger qu'ils ne connaissaient pas, et
qui ne s'était pas annoncé d'un peu loin avant
de fondre sur eux. Il fallut toute l'autorité de
Griso pour les empêcher de se débander, et pour
que ce fût une retraite, et non pas une fuite.
Comme le chien qui garde un troupeau de cochons court, tantôt ici, tantôt là, vers ceux qui

se débandent, en saisit un par une oreille et le tire en arrière, en pousse un autre avec le museau, aboie à un troisième qui quitte en ce moment la file, de même le pèlerin saisit par le toupet un de ses compagnons qui touchait déjà au seuil, et le tire en arrière, en chasse avec son bourdon deux qui étaient près de sortir, crie aux autres qui couraient sans savoir où, fait si bien enfin qu'il les rallie tous au milieu de la cour. « Halte! halte! Pistolets en main, les couteaux « prêts, tous ensemble, et puis nous irons : c'est « ainsi qu'on va. Qui voulez-vous qui nous tou- « che si nous restons bien ensemble, grands pol- « trons! Mais si nous nous laissons prendre un à « un, les paysans eux-mêmes voudront s'en don- « ner. Vergogne! derrière moi et unis. » Après cette courte harangue, il se mit à leur tête et sortit le premier. La maison, comme nous l'a- vons dit, était au commencement du village. Griso prit la rue qui menait dans les champs, et tous le suivirent en bon ordre.

Laissons-les aller, et retournons sur nos pas pour nous retrouver avec Agnese et Perpetua, que nous avons plantées là dans un coin. Agnese avait tâché d'éloigner l'autre de la maison de don Abbondio autant que possible, et jusques à un certain moment la chose était bien allée. Mais tout à coup la gouvernante s'était souvenue de la porte qui était restée ouverte, et avait voulu re- tourner en arrière. Il n'y avait rien à dire. Agnese, pour ne pas exciter de soupçons, avait dû retour-

ner avec elle et la suivre, s'efforçant pourtant
de la retenir chaque fois qu'elle la voyait bien
échauffée au récit de ces mariages qui étaient
allés à vau-l'eau. Elle paraissait lui prêter une
grande attention, et de temps en temps, pour
lui montrer qu'elle était attentive, ou pour attiser le babil, elle disait : « Sûrement ; mainte-
« nant je comprends ; cela va très bien ; c'est
« clair. Ensuite? et lui? et vous? » Mais en même temps elle tenait un autre discours avec elle-
même. « Seront-ils sortis maintenant, ou seront-
« ils encore dedans? Quels étourdis que nous
« avons été tous trois de ne pas convenir de quel-
« que signal pour m'avertir quand la chose aurait
« réussi! C'est une grande sottise ; mais elle est
« faite : le meilleur maintenant c'est d'amuser
« celle-ci autant que je le pourrai. En mettant
« les choses au pis, ce sera un peu de temps per-
« du. » Ainsi, avec beaucoup de pauses et de petites courses, elles s'étaient reconduites à peu de
distance de la maison de don Abbondio ; mais
toutefois sans l'avoir en vue à cause de ce coin;
et Perpetua, se trouvant à un point important
du récit, s'était laissé arrêter sans faire résistance,
et même sans s'en apercevoir, lorsque tout à coup
on entendit venir, en retentissant de loin dans le
vide immobile de l'air et dans le vaste silence de
la nuit, cet épouvantable cri de don Abbondio :
« Au secours! au secours!

« Miséricorde! qu'est-il arrivé? » cria Perpetua, et elle voulut courir.

« — Qu'est-ce ! qu'est-ce ! » dit Agnese en la retenant par la jupe.

« — Miséricorde ! vous n'avez pas entendu ! » répliqua celle-ci en se dégageant.

« — Qu'est-ce ? qu'est-ce ? » répéta Agnese en la prenant par un bras.

« — Diable de femme ! » s'écria Perpetua en la repoussant pour se mettre en liberté ; et elle se mit à courir. Au même instant on entendit, mais plus au loin, plus faible, plus fugitif, le cri de Menico.

« Miséricorde ! » cria aussi Agnese ; et elle se mit à galopper derrière l'autre. Elles avaient pour ainsi dire à peine levé les talons, que la cloche éclata ; un coup, deux, trois, à n'en plus finir : c'aurait été autant de coups d'éperon, si elles en avaient eu besoin. Perpetua arriva devançant l'autre de deux pas. Pendant qu'elle veut jeter la main sur la porte et l'ouvrir, voilà qu'elle s'ouvre en dedans, et sur le seuil Tonio, Gervaso, Renzo, Lucia, qui, ayant trouvé l'escalier, étaient venus en bas en sautant, et, entendant ensuite ce terrible fracas, couraient à toutes jambes pour se sauver.

« Qu'est-ce ? qu'est-ce ? » demanda Perpetua toute essoufflée aux deux frères, qui lui répondirent en la repoussant et prirent la fuite. « Et vous ? « comment ? Que faites-vous ici, vous ? » demanda-t-elle à l'autre couple quand elle l'eut reconnu ; mais ceux-ci sortirent sans répondre. Perpetua, pressée d'accourir là où était le plus grand besoin ;

ne demanda rien autre, se précipita dans le corridor à tâtons vers l'escalier.

Les deux époux, restés fiancés, se trouvèrent
en face d'Agnese, qui arrivait inquiète et alarmée.
« Ah! vous voilà! dit-elle en parlant avec pei-
« ne. Comment cela s'est-il passé? Qu'est-ce que
« la cloche? Il me semble d'avoir entendu....

« — Au logis! au logis! disait Renzo, avant
« qu'on n'arrive; » et ils se mettaient en route. Mais Menico arrive en courant de toutes ses
forces; il les reconnaît, se met devant eux,
et, encore tout tremblant, avec la voix presque
éteinte: « Où allez-vous? dit-il. En arrière, en
« arrière, par là, au couvent.

« —Est-ce toi qui?....» commençait Agnese.

« — Qu'est-ce donc? » demandait Renzo.
Lucia, toute épouvantée, se taisait et trem-
blait.

« — Il y a le diable chez vous, reprit Menico
« haletant. Je les ai vus; ils m'ont voulu tuer.
« Le père Cristoforo l'a dit; et vous aussi, Renzo;
« il a dit que vous veniez sur-le-champ; et puis
« je les ai vus, moi. C'est une providence que je
« vous trouve là tous : je vous dirai tout ensuite
« quand nous serons dehors. »

Renzo, qui seul avait conservé un peu de sang-
froid, pensa que d'ici ou de là il fallait s'en aller aussitôt, avant qu'il n'accourût du monde,
et que le plus sûr était de faire ce que Menico
conseillait, bien que la peur le fît parler ainsi.
Ensuite, quand on serait en route et loin du tu-

multe et du danger, on pourrait demander au
petit garçon une explication plus claire. « Mar-
« che devant, lui dit-il. Allons avec lui, » dit-il
aux femmes. Ils retournèrent sur leurs pas, se
dirigèrent en hâte vers l'église, traversèrent le
cimetière, où, par la grâce du Ciel, il n'y avait
pas encore âme qui vive, entrèrent dans une petite rue qui passait entre l'église et la maison de
don Abbondio, enfilèrent le premier petit sentier qu'ils trouvèrent, et cheminèrent à travers
champs.

Ils ne s'étaient pas encore éloignés de cinquante
pas, lorsque le monde commença à arriver sur
le cimetière; la foule grossissait à chaque instant.
Ils se regardèrent les uns les autres au visage.
Chacun avait une demande à faire, personne une
réponse à donner. Les premiers venus coururent
à la porte de l'église : elle était fermée. Ils coururent au clocher par dehors, et l'un d'eux,
ayant mis la tête à une petite fenêtre, poussa
dedans, comme dans une sarbacane, un « Qui
« diable est-ce donc ?» Lorsque Ambrogio entendit une voix connue, il laissa aller la corde, et,
s'étant assuré au bruit qu'il était accouru beaucoup de monde, il répondit : « Je vais ouvrir. »
Il s'appliqua en hâte le harnois qu'il avait porté
sous son bras, vint par l'intérieur à la porte de
l'église, et l'ouvrit.

« Qu'est-ce que tout ce fracas ? qu'est cela ? où ?
« quoi ?

« — Comment, ce que c'est ! » dit Ambrogio

tenant d'une main la porte et de l'autre le vêtement qu'il s'était passé à la hâte. « Comment!
« ne le savez-vous pas? Des gens dans la maison
« du seigneur curé. Courage, mes enfants! Au se-
« cours! » Ils se dirigent tous vers la maison, ils
regardent, ils s'en approchent en hâte, ils regardent encore, ils prêtent l'oreille : tout est
tranquille. Quelques uns courent à la porte de la
rue : elle est close et barricadée; ils regardent en
haut : il n'y a pas une seule fenêtre ouverte ; on
n'entend rien.

« Qui est là-dedans ? Ohe! ohe! seigneur curé!
« seigneur curé! »

Don Abbondio, à peine assuré de la fuite des
assaillants, s'était retiré de la fenêtre et l'avait
fermée. Il était dans ce moment à se disputer
à voix basse avec Perpetua, qui l'avait laissé seul
dans un tel embarras. Mais quand il se sentit
appelé à grands cris, il fut contraint de venir
de nouveau à la fenêtre; et, ayant vu tant de
monde, il se repentit d'avoir demandé tant de
secours.

« Qu'a-ce été ? — Que vous a-t-on fait ? —
« Qui sont ces gens-là ? — Où sont-ils ? » lui
criaient cinquante voix en un moment.

« — Il n'y a plus personne, je vous rends grâ-
« ces, retournez chez vous.

« — Mais qu'est-ce donc ? — Où sont-ils pas-
« sés ? — Qu'est-il arrivé ?

« — Ce sont de méchantes gens, des gens qui
« rôdent la nuit ; mais ils ont pris la fuite : re-

« tournez chez vous. Une autre fois, mes enfants;
« je vous rends grâces de votre bon cœur. » Et,
cela dit, il se retira et ferma la fenêtre. Là-dessus quelques uns commencèrent à grogner, d'autres à railler, d'autres à jurer, d'autres levaient
les épaules et se mettaient en route, quand il en
arriva un tout essoufflé, qui pouvait à peine dire
un mot. Il habitait une maison qui était presque
en face de celle de nos femmes; et, s'étant éveillé
au bruit, il s'était mis à la fenêtre, et avait vu
dans la cour ce désordre, ce tumulte des *bravi*,
quand Griso s'évertuait à les rallier. Lorsqu'il
eut repris haleine, il s'écria : « Que faites-vous,
« enfants? Le diable n'est pas ici : il est là-bas,
« au fond du pays, dans la maison d'Agnese Mon-
« della; des hommes armés s'y sont introduits :
« il paraît qu'ils voulaient assassiner un pèlerin.
« Qui sait qui diable ce peut être?

« —Quoi? — Qu'est-ce? — Quoi? » et une délibération tumultueuse commence. « Il faut al-
« ler. — Il faut voir. — Combien sont-ils? —
« Combien sommes-nous? — Qui sont-ils? — Le
« consul! le consul!

« — Me voici, » répond le consul du milieu
de la foule; « me voici; mais il me faut aider,
« il me faut obéir. Vite : où est le sacristain? A
« la cloche, à la cloche! Vite : que quelqu'un
« coure à Lecco chercher du secours. Venez ici
« tous.... »

Qui accourt, qui se glisse entre homme et
homme et s'esquive. Le tumulte était à son com-

ble, quand il arriva un autre villageois qui les
avait vus partir en hâte, et criait à son tour :
« Courez, mes enfants. Des voleurs ou des bri-
« gands qui fuient avec un pèlerin ; ils sont déjà
« hors du pays ; courons après ! après ! » Sur cet
avis, sans attendre les ordres du capitaine, ils
s'ébranlent en masse, et se précipitent là-bas pêle-mêle par le pays. A mesure que la troupe s'a-
vance, plusieurs de ceux qui sont à l'avant-garde
ralentissent le pas, se laissent dépasser, et se
fourrent prudemment dans le corps d'armée ; les
derniers poussent en avant ; l'essaim confus arrive enfin au lieu indiqué. Les traces de l'invasion étaient fraîches et manifestes, la porte ouverte, les verrous enfoncés ; mais les assaillants
étaient partis. On entre dans la cour, on va à la
porte du rez-de-chaussée : elle est ouverte et
enfoncée aussi. On demande « Agnese ! Lucia ! le
« pèlerin ! où est le pèlerin ? Stefano l'aura rêvé,
« le pèlerin. — Non, non : Carlandrea l'a vu
« aussi. Ohé ! pèlerin ! Agnese ! Lucia ! Personne
« ne répond. Ils les ont enlevées ! ils les ont enle-
« vées ! » Il y en eut alors quelques uns qui, en
haussant la voix, proposèrent de poursuivre les
ravisseurs : c'était une chose inouïe, et ce serait
un grand sujet de honte pour tout le pays, si
tout voleur pouvait, sans risque, venir enlever
les femmes comme le milan les poulets d'une
grange inhabitée. Nouvelle délibération plus tumultueuse encore ; mais l'un d'eux (et l'on n'a
jamais bien su qui c'était) jette dans la troupe

un dire qu'Agnese et Lucia s'étaient réfugiées
dans une maison du village. Le bruit circule ra-
pidement, obtient crédit ; on ne parle plus de
donner la chasse aux fuyards ; la troupe se dé-
bande, et chacun se retire chez soi. C'était un
murmure, un bourdonnement, un bruit continuel de coups de marteaux et de portes qu'on ouvrait, un aller et venir de lanternes. Les femmes interrogeaient des fenêtres, on leur répondait de la rue. La voie publique étant devenue
déserte et silencieuse, les discours continuèrent
dans les maisons, et s'évanouirent dans les bâille-
lements pour recommencer le lendemain. Il ne
se passa rien autre, si ce n'est que, le lendemain
matin, le consul étant dans son champ, le menton appuyé sur ses deux mains, les mains sur le
manche de sa bêche à demi-fichée dans la terre
et un pied sur la herse ; étant dis-je à réfléchir
à part lui sur les mystères de la nuit dernière,
et sur ce qui était de sa compétence, et sur ce
qu'il lui fallait faire, il vit venir à lui deux hommes bien bâtis, chevelus comme deux rois francs
de la première race, et semblables pour le reste
aux deux qui, cinq jours auparavant, avaient
accosté don Abbondio, si toutefois ce n'étaient pas
les mêmes. D'un air moins respectueux encore,
ils intimèrent au consul qu'il se gardât bien de
faire son rapport au podestat de ce qui était arrivé, de dire la vérité, au cas où il serait interrogé,
de jaser, d'attiser les bavardages des villageois,
pour peu qu'il eût à cœur de mourir de maladie.

Nos fugitifs cheminèrent quelque temps d'un bon pas, se retournant, tantôt l'un, tantôt l'autre, pour voir si personne ne les poursuivait. Hors d'haleine à cause de la fatigue de la fuite, les tourments de l'incertitude, le chagrin de la mauvaise réussite, et la crainte confuse d'un danger nouveau et obscur, faisaient battre leur cœur. Ce qui les tenait le plus en crainte, c'était d'être continuellement poursuivis par les tintements de la cloche, qui, en s'éloignant, devenaient moins distincts et plus émoussés, et semblaient prendre je ne sais quoi de plus lugubre et de plus sinistre. Le carillon cessa enfin. Alors, se trouvant dans un champ inhabité, et n'entendant pas le moindre bruit autour d'eux, ils ralentirent leurs pas; et Agnese, ayant repris haleine, rompit la première le silence en demandant à Renzo comment la chose s'était passée, et à Menico quel était ce diable qui était chez elle. Renzo conta en peu de mots sa triste histoire; et tous trois se tournèrent vers le petit garçon, qui leur rapporta en termes plus exprès l'avis du père; il leur raconta ensuite ce que lui-même avait vu et les dangers qu'il avait courus, et son récit ne confirmait que trop l'avis. Les auditeurs en comprirent plus que Menico n'en avait su dire. A cette révélation ils furent saisis d'un nouveau frisson; ils s'arrêtèrent tous trois un moment au milieu du chemin, et échangèrent entre eux un regard d'épouvante. Aussitôt, comme de concert, ils posèrent tous trois une main, qui sur la tête, qui sur les épaules du jeune garçon, comme pour le caresser, pour lui rendre tacitement grâce d'avoir été pour eux un ange tutélaire, et comme pour lui demander pardon des angoisses qu'il avait éprouvées et du danger qu'il avait couru pour les sauver. « Maintenant retourne chez toi, afin que « tes parents ne soient pas plus long-temps en « peine de toi, » lui dit Agnese ; et, se souvenant des deux *parpagliole* qu'elle lui avait promises, elle en tira quatre, et les lui donna, en ajoutant : « Baste, prie le seigneur que nous nous revoyions « bientôt, et alors... » Renzo lui donna une *berlingha* neuve, et le pria instamment de ne rien dire de la commission que le père lui avait donnée. Lucia le caressa de nouveau, le salua d'une voix émue, et le petit garçon les salua tout attendri, et retourna sur ses pas. Ceux-ci se remirent à cheminer tout pensifs, les femmes marchant en avant, et Renzo derrière elles, comme pour leur servir d'escorte. Lucia se tenait collée au bras de sa mère, et refusait avec douceur et adresse l'aide que le jeune homme lui offrait dans les pas difficiles de ce voyage hors de la route ; honteuse en son cœur, même dans un moment si pénible, d'être restée si long-temps seule et si familièrement avec lui, quand elle s'attendait à être dans peu d'instants son épouse. Maintenant, réveillée si douloureusement de ce songe, elle se repentait d'être allée si loin ; et, parmi tant de sujets d'alarmes, elle s'alarmait aussi pour cette pudeur qui ne naît pas de la triste connais-

sance du mal, pour cette pudeur qui s'ignore
elle-même, semblable à la frayeur d'un enfant
qui tremble dans l'obscurité sans savoir pourquoi.

« Et la maison? » dit aussitôt Agnèse. Mais,
bien que l'inquiétude qui lui arrachait cette exclamation fût importante, personne ne répondit,
parce que personne ne pouvait lui donner une
réponse satisfaisante. Ils poursuivirent leur route
en silence, et peu après ils débouchèrent enfin
sur une petite esplanade qui était devant l'église
du couvent.

Renzo s'approcha de la porte de l'église, et la
secoua fortement. Elle s'ouvrit, et la lune, en-
trant par cette échappée, éclaira la pâle figure
et la barbe argentée du père Cristoforo, qui
était là debout dans l'attente. En voyant qu'il
ne manquait personne : « Dieu soit béni! » dit-il,
et il leur fit signe d'entrer. Près de lui était un
autre capucin, le frère lai sacristain, qu'il avait
décidé, soit par des prières, soit par des raisonnements, à veiller, à laisser la porte entr'ouverte, et à rester avec lui en sentinelle pour
donner un asyle à ces pauvres persécutés; et il
n'avait pas fallu moins de l'autorité du père et de
sa réputation de saint pour engager le frère lai
à une condescendance fatigante, dangereuse et
irrégulière. Dès qu'ils furent entrés, le père
Cristoforo ferma doucement; doucement la
porte. Alors le sacristain ne put plus durer, et,
tirant le père à l'écart, il lui disait à l'oreille :

« Mais père, père!... de nuit..., dans l'église...;
« avec des femmes...., fermer.... La règle....
« Mais père!... » et il secouait la tête. Pendant
qu'il laissait tomber ces mots avec peine :
« Voyez un peu! pensait le père Cristoforo, si
« c'était un brigand poursuivi, fra Fazio ne ferait
« pas la moindre difficulté, et une pauvre inno-
« cente qui échappe aux griffes du loup.... *Om-*
« *nia munda mundis,* » dit-il ensuite, en se
tournant subitement vers fra Fazio, et se souvenant qu'il ne savait pas le latin. Mais cette in-
spiration soudaine fut précisément ce qui produi-
sit l'effet desiré. Si le père s'était mis à discuter
avec de bons arguments, fra Fazio n'aurait pas
manqué d'arguments contraires à lui opposer, et
le Ciel sait quand et comment la chose aurait
fini. Mais à peine eut-il entendu ces mots pleins
d'un sens mystérieux et proférés avec tant de résolution, il lui sembla qu'ils devaient renfermer
la solution de tous ses doutes. Il s'apaisa, et
dit : « Cela va bien ; le frère en sait plus que
« moi.

« — Reposez-vous sur moi, » répondit le père
Cristoforo. Et à la lueur douteuse de la lampe
qui brûlait devant l'autel, il s'approcha des réfugiés, qui restaient irrésolus en attendant, et il
leur dit : « Mes enfants, rendez grâces au Sei-
« gneur qui vous a tirés d'un si grand péril. Peut-
« être en ce moment.... » Et là il se mit à leur
expliquer ce qu'il ne leur avait fait dire qu'à
demi par le jeune messager : car il ne se doutait

pas qu'ils en savaient plus que lui, et il sup-
posait que Menico les avait trouvés tranquilles
dans leur maison avant que les ravisseurs n'ar-
rivassent. Personne ne le dissuada, pas même
Lucia, qui pourtant sentait au fond du cœur
des remords pour une telle dissimulation envers
un tel homme; mais c'était la nuit aux embarras
et aux feintes.

« Après cela, continua-t-il, vous voyez bien,
« mes enfants, que maintenant vous n'êtes plus
« en sûreté dans ce pays. C'est le vôtre, vous y
« êtes nés, vous n'avez porté préjudice à per-
« sonne; mais Dieu le veut ainsi. C'est une
« épreuve, mes enfants : supportez-la avec pa-
« tience, avec confiance, sans murmure, et
« soyez assurés qu'un temps viendra où vous se-
« rez contents de ce qui maintenant vous arrive.
« J'ai songé à vous trouver un lieu de refuge
« pour ces premiers moments. Bientôt, je l'es-
« père, vous pourrez retourner en toute sûreté
« dans votre maison. De toute manière, Dieu y
« pourvoira pour le mieux; et moi je m'efforce-
« rai de me rendre digne de la grâce qu'il me fait
« en me choisissant son ministre pour vous ser-
« vir, vous ses pauvres chers affligés. Vous, pour-
« suivit-il en s'adressant aux femmes, vous pour-
« rez vous arrêter à ***. Là vous serez à l'abri de
« tout danger, et en même temps vous ne serez
« point trop loin de votre maison. Allez là-bas à
« notre couvent, faites demander le père gar-
« dien, et donnez-lui cette lettre : il sera pour

« vous un autre fra Cristoforo. Et toi, mon cher
« Renzo, tu dois aussi maintenant te mettre à l'a-
« bri de la rage d'autrui et de la tienne. Porte
« cette lettre au père Bonaventura de Lodi, à
« notre couvent de la porte orientale à Milan. Il
« te servira de père, il s'emploiera pour toi, il te
« trouvera du travail jusqu'à ce que tu puisses
« revenir vivre tranquillement ici. Allez à la
« rive du lac, près de l'embouchure du Bione. »
(C'est un torrent à peu de distance du couvent.)
« Là vous verrez un bateau amarré ; vous direz :
« La barque. » On vous demandera pour qui ?
« Répondez : « San Francesco. » La barque vous
« recevra, vous transportera à l'autre rive, où
« vous trouverez un chariot qui vous conduira
« en droiture jusqu'à ***. »

Qui demanderait comment fra Cristoforo avait
sur-le-champ à sa disposition les moyens de trans-
port par eau et par terre montrerait ne pas connaître quel était le pouvoir d'un capucin tenu en
réputation de saint.

Il ne restait plus que de pourvoir à la garde
de la maison. Le père en reçut les clés et se
chargea de les remettre à ceux que Renzo et
Agnese lui indiquèrent. Celle-ci, en remettant
la sienne, poussa un grand soupir en pensant
qu'en ce moment la maison était ouverte, qu'il
y avait eu le diable, et qui sait ce qui restait
à garder !

« Avant de partir, dit le père, prions tous ensem-
« ble le Seigneur pour qu'il soit avec vous dans ce

« voyage et toujours, et surtout qu'il vous donne
« la force, qu'il vous donne le désir de vouloir
« ce qu'il a voulu. » En parlant ainsi il s'age-
nouilla au milieu de l'église, et tous firent de
même. Après qu'ils eurent prié quelques moments en silence, lui, d'une voix basse, mais
distincte, dit ces mots : « Nous vous prions en-
« core pour ce malheureux qui nous a réduits à
« cette extrémité. Nous serions indignes de votre
« miséricorde si nous ne vous la demandions pas
« pour lui du fond de notre âme : il en a tant
« besoin ! Nous, au milieu de notre tribulation,
« nous avons cette consolation, que nous sommes
« dans la voie où vous nous avez placés ; nous
« pouvons vous offrir nos chagrins, et ils devien-
« dront un titre auprès de vous. Mais lui ! il est
« votre ennemi. Infortuné ! il lutte contre vous !
« Seigneur, ayez pitié de lui, touchez son cœur,
« rendez-le votre ami, accordez lui tous les biens
« que nous pouvons désirer pour nous-mêmes. »
Se levant ensuite comme en hâte : « Allons,
« mes enfants, dit-il, il n'y a pas de temps à
« perdre. Que Dieu veille sur vous, que son
« ange vous accompagne. Allez. » Et tandis
qu'ils se mettaient à marcher avec cette émotion
qui ne trouve pas de paroles et qui se manifeste
sans ce secours, le père ajouta d'une voix émue :
« Mon cœur me dit que nous nous reverrons
« bientôt. »

Certes, le cœur, pour qui l'écoute, a toujours
quelque chose à dire sur l'avenir. Mais que

sait-il, le cœur? A peine quelque chose du passé.

Sans attendre leur réponse, fra Cristoforo se
retira à grands pas, les voyageurs sortirent, et
fra Fazio ferma la porte en leur disant adieu
d'une voix aussi altérée. Ceux-ci se dirigèrent
avec précaution vers la rive qui leur avait été
indiquée; ils y virent le batéau, et, ayant donné
et reçu le mot d'ordre, ils y entrèrent. Le batelier, en poussant une rame vers la proue, se
détacha de la rive; puis, empoignant l'autre
rame, et voguant à tour de bras, il gagna le
large vers la plage opposée. Il ne faisait pas un
souffle de vent; le lac était calme et uni, et il
aurait semblé immobile, sans le tremblement et
le léger ondoiement de la lune, qui s'y réfléchis-
sait du haut des cieux. On entendait de temps
en temps les flots qui se brisaient mollement et en
mourant sur le gravier de la rive, le murmure
plus éloigné de l'eau qui allait se rompre contre
les arches du pont, et le bruit cadencé des deux
rames qui sillonnaient la surface azurée du lac,
sortaient en même temps humides, et replon-
geaient. L'onde, fendue par la barque et refoulée
derrière la poupe, dessinait une trace ridée qui
allait toujours en s'éloignant de la rive. Les pas-
sagers silencieux, le visage tourné en arrière, con-
templaient les montagnes et le pays éclairé par la
lune et coupé çà et là par de grandes ombres.
On distinguait les villages, les maisons, les ca-
banes; le château de don Rodrigo, avec sa tour
aplatie, dominant les colines amoncelées en haut

du pic, semblait un malfaiteur qui, debout dans
les ténèbres, au milieu d'une bande d'hommes
endormis, veille en méditant un crime. Lucia
le vit et frémit; elle suivit de l'œil le penchant
de la montagne jusqu'à son village, regarda
attentivement à l'extrémité, aperçut sa chaumière la tête couverte de feuilles du figuier qui
dépassait l'enceinte de la cour, la fenêtre de sa
chambre; assise au fond de la barque, elle appuya le coude sur le banc, baissa la tête comme
pour dormir, et se mit à pleurer en secret:

« Adieu, montagnes qui naissez des eaux et
« touchez au ciel; cîmes inégales si connues
« à celui qui naquit parmi vous, et gravées aussi
« avant dans son esprit que les traits de ses amis
« les plus chers; torrents dont le murmure lui
« est familier comme la voix de ses proches; mai-
« sons éparses et blanchissantes sur le penchant,
« comme des troupeaux de brebis qui paissent;
« adieu! Pour l'homme qui a pris naissance
« parmi vous, qu'il est triste le moment où il
« s'en éloigne! Celui même qui les quitte vo-
« lontairement, poussé par le caprice et l'espé-
« rance de faire fortune ailleurs, sent s'évanouir
« alors ses songes de richesse; il s'étonne d'avoir
« pu s'y résoudre, et il reviendrait sur ses pas
« s'il ne songeait qu'un jour il y pourra reve-
« nir opulent. Plus il s'avance dans la plaine, et
« plus son œil se trouve las et ennuyé de cette
« fastidieuse uniformité; l'air lui paraît lourd
« et sans vie; il s'avance triste et désenchanté

2.

« dans les cités bruyantes; il lui semble que les
« maisons ajoutées aux maisons, les rues qui croi-
« sent les rues, suffoquent sa respiration; et de-
« vant ces édifices qui font l'admiration de l'é-
« tranger, il pense avec un désir inquiet au
« clocher de son village, à la chaumière sur la-
« quelle il a depuis long-temps jeté les yeux
« et qu'il doit acheter quand il retournera riche
« dans ses montagnes.

« Mais quel moment pour celle qui n'a jamais
« porté au-delà ses désirs même les plus fugitifs,
« qui a borné dans l'enceinte de ces beaux lieux
« tous ses rêves de l'avenir, et qui en est jetée
« bien loin par une force perverse! pour celle
« qui, arrachée tout à coup à ses habitudes les
« plus chères, troublée dans ses plus chères es-
« pérances, abandonne ces montagnes pour se
« mettre sur la route de pays étrangers qu'elle
« n'a jamais désiré de connaître, et ne peut pas
« même par la pensée assigner un moment au
« retour! Adieu, chaumière où elle reçut le
« jour; où, agitée par un penchant secret, elle
« apprit elle-même à distinguer du bruit des
« pas de tout le monde le bruit des pas d'une
« personne attendue avec une crainte mysté-
« rieuse. Adieu, chaumière qui lui est encore
« étrangère; chaumière qu'elle a regardée si
« souvent à la dérobée, en passant, et non sans
« rougir; chaumière où son esprit se complaisait
« à se figurer un séjour tranquille et durable
« d'épouse. Adieu, église où son âme trouva

« tant de fois la paix en chantant les louanges
« du Seigneur ; où l'on avait promis, où l'on
« préparait une sainte cérémonie ; église où
« les secrets désirs de son cœur devaient
« être solennellement bénis, l'amour lui être
« ordonné et sanctifié ; adieu ! Celui qui vous
« donnait tant de joie est partout, et il ne trou-
« ble jamais le bonheur de ses enfants que pour
« leur en préparer un plus grand et plus as-
« suré. »

Telles étaient à peu près les pensées de Lucia,
et les pensées des deux autres voyageurs étaient
peu différentes, tandis que la barque allait en
approchant de la rive droite de l'Adda.

CHAPITRE IX.

Le choc que reçut la proue de la barque, en prenant terre, arracha Lucia à ses rêveries. Après avoir séché en secret ses larmes, elle se leva comme si elle venait de dormir. Renzo sortit le premier, et donna la main à Agnese. Celle-ci, étant sortie à son tour, la donna à sa fille, et tous trois remercièrent tristement le batelier. « Ce n'est « rien, ce n'est rien : nous sommes ici bas pour « nous entr'aider, » répondit celui-ci. Il retira brusquement la main, presque aussi épouvanté que si on lui avait proposé de commettre un vol, lorsque Renzo essaya de lui donner une portion de liards qu'il avait sur lui et qu'il avait pris le soir dans l'intention de reconnaître généreusement le service de don Abbondio, quand celui-ci le lui aurait rendu bien malgré lui. Le chariot était prêt. Le conducteur salua les trois personnes qu'il attendait, les fit monter, dit un mot à sa bête, un coup de fouet, et en route.

Notre auteur ne décrit pas ce voyage nocturne;

il tait le nom du pays où se dirigeait la petite
caravane, et même il proteste en termes exprès
de ne le vouloir pas dire. Le reste de l'histoire
fait deviner ensuite le motif de toutes ces réticences. Les aventures de Lucia en ce séjour se
trouvent liées à la noire intrigue d'une personne
qui tenait à une famille très puissante, à ce qu'il
paraît, au temps où écrivait notre auteur. Pour
rendre compte de l'étrange conduite de cette personne dans une circonstance particulière, il a été
obligé de raconter succinctement sa vie précédente, et la famille y fit une figure que l'on
saura, si l'on veut prendre la peine de lire. De
là l'extrême circonspection du pauvre historien.
Et pourtant (voyez comme les hommes sont
quelquefois étourdis !) lui-même, sans s'en apercevoir, nous a mis sur la voie pour découvrir
avec une entière certitude ce qu'il désirait tant
de tenir caché. Dans une partie de son récit que
nous omettons, comme inutile à l'intelligence
de cette histoire, il lui échappe de dire que ce
lieu était un bourg illustre et antique auquel il
ne manquait que le nom de ville; puis il nous
dit, sans y faire attention, que le Lambro y coule,
puis encore qu'il y a un archiprêtre: Sur ces in-
dices, il n'y a pas en Europe un homme un peu
instruit qui ne s'écrie aussitôt : « C'est Monza ! »
Nous aurions pu avancer aussi des conjectures
très fondées sur le nom de la famille; mais, bien
que celle que nous soupçonnons soit éteinte depuis long-temps, nous estimons qu'il vaut mieux

taire son nom, pour ne pas courir le risque de
faire tort à qui que ce soit, même aux morts, et
pour laisser aux érudits quelque sujet de recherche.

Nos voyageurs arrivèrent à Monza un peu
après le lever du soleil. Le conducteur s'arrêta
devant un hôtellerie, et là, en homme qui connaissait les lieux, il fit donner une chambre aux
nouveaux hôtes, et il les y accompagna. Après
les remercîments, Renzo essaya de lui faire ac-
cepter une récompense; mais celui-ci, ainsi que
le batelier, en avait une en vue plus éloignée et
plus abondante. Il retira aussi les mains, et,
comme en fuyant, il courut prendre soin de sa
bête.

Après une soirée telle que celle que nous avons
décrite, après une nuit telle que chacun se la
peut figurer, passée en grande partie dans des
pensées douloureuses, avec la crainte constante
de quelque fâcheuse rencontre, au milieu du
triste silence de la nuit, au froid d'un air plus
qu'automnal, et aux cahotements répétés d'une
voiture incommode, qui secouaient impoliment
les esprits de nos voyageurs, à peine commencè-
rent-ils à se sentir pris du sommeil, qu'il leur
parut très doux de s'y livrer sur un plancher
qui n'était pas mobile, dans une chambre sûre,
quelle qu'elle fût. Ils firent ensemble un repas
aussi frugal que l'exigeaient la pénurie des temps,
leurs moyens, qu'ils étaient contraints de mesu-
rer aux besoins d'un avenir incertain, et leur

peu d'appétit. Tous trois se souvenaient comme
à l'envi du banquet que deux jours auparavant
ils s'attendaient à faire, et chacun à son tour
poussa un grand soupir. Renzo aurait voulu
s'arrêter là au moins toute la journée, voir ses
dames installées, leur rendre les premiers services; mais le père avait recommandé à celles-ci
de le renvoyer sur-le-champ à sa route. Elles al-
léguèrent et ces ordres, et cent autres raisons,
que le monde en causerait, que la séparation
plus retardée serait plus douloureuse encore,
qu'il pourrait venir bientôt donner et recevoir
des nouvelles; et le jeune homme se décida enfin à partir. On prit encore de point en point
ses mesures. Lucia ne cacha pas ses larmes; Renzo
retint à peine les siennes, et, serrant très fortement la main d'Agnese, il dit d'une voix étouffée : « Au revoir, » et il partit.

Les femmes auraient été bien entreprises sans
ce bon conducteur, qui avait ordre de les mener
au couvent, et de leur donner tous les renseignements et tous les services dont elles pouvaient
avoir besoin. Avec ce guide elles s'acheminèrent
donc vers ce couvent, qui, comme chacun sait,
était en dehors de Monza, à une très petite distance. Arrivé à la porte, le conducteur tira le
cordon de la sonnette, et fit appeler le père
gardien; celui-ci parut, et reçut la lettre.

« Oh! frère Cristoforo! » dit-il en reconnais-
sant l'écriture. Le ton de sa voix et l'air de son
visage indiquaient clairement qu'il prononçait le

nom d'un ami de cœur. Il nous faut enfin dire
que notre bon Cristoforo avait, dans cette lettre, recommandé très chaudement les deux femmes, et rapporté leur aventure avec beaucoup
de sensibilité : c'est pourquoi le gardien, de
temps en temps, donnait des marques de surprise et d'indignation, et, levant les yeux, il les
fixait sur les femmes d'un air de compassion et
d'intérêt. Quand il eut fini de lire, il resta quel-
« que temps pensif; puis il se dit : Il n'y a que la
« signora ; si la signora veut se charger de cette
« affaire.... »

Il tira ensuite Agnese à part, à quelques pas de
là, sur la petite place qui était devant le couvent;
il lui adressa quelques questions auxquelles elle
satisfit, et, retournant vers Lucia : « Mesdames,
« dit-il, j'essaierai, j'espère, de vous pouvoir
« trouver un asyle, le plus sûr, le plus honorable
« de tous, jusqu'à ce que Dieu ait pourvu à votre
« sûreté dans un meilleur monde. Voulez-vous
« venir avec moi ? »

Les femmes firent entendre respectueusement
que oui, et le frère continua : « Venez avec moi
« au couvent de la signora. Tenez-vous pour-
« tant à quelques pas de moi, parce que le monde
« se plaît à médire, et Dieu sait quelles belles
« histoires on ferait si l'on voyait le père gar-
« dien par voies et par chemins avec une belle et
« jeune fille...., avec des femmes, veux-je dire? »

En parlant ainsi, il marcha devant. Lucia
rougit; le conducteur sourit en regardant Agnese,

qui laissa échapper aussi un demi-sourire, et tous
trois se mirent en marche quand le frère eut
gagné quelque avance sur eux. Ils se tinrent derrière lui à la distance de dix pas. Les femmes
demandèrent alors au conducteur, ce qu'elles
n'avaient pas osé demander au père gardien, ce
que c'était que la signora.

« La signora, répondit-il, est une religieuse,
« mais ce n'est pas une religieuse comme les
« autres. Non pas que ce soit l'abbesse ni la
« prieure, car même, à ce qu'on dit, c'est une
« des plus jeunes; mais elle est de la côte d'Adam,
« et ses parents étaient autrefois de puissantes
« gens venus d'Espagne, où sont ceux qui com-
« mandent ici; et c'est à cause de cela qu'on la
« nomme la signora, pour dire qu'elle est une
« grande dame; et tout le pays la nomme de ce
« nom, parce qu'ils disent que dans ce couvent
« on n'a jamais eu un tel personnage; et ses pa-
« rents, même aujourd'hui, tiennent un haut
« rang là-bas à Milan, et sont de ceux qui ont
« toujours raison; et encore bien plus à Monza,
« parce que son père, quoiqu'il ne l'habite pas,
« est le premier du pays : de là vient qu'elle peut
« faire la pluie et le beau temps au couvent, et
« même les gens du dehors lui portent un grand
« respect; si elle se charge d'une affaire, elle
« réussit toujours à en venir à bout, et si ce bon
« religieux obtient de vous mettre entre ses mains
« et qu'elle vous accepte, je vous certifie que vous
« serez en sûreté comme sur l'autel. »

Arrivé à la porte du bourg, qui était flanqué
d'une antique tourelle et des débris d'un vieux
château en ruines, que peut-être quelques uns
de nos lecteurs se souviennent encore d'avoir vu
debout, le gardien s'arrêta et se retourna pour
voir si on le suivait; il entra ensuite et se dirigea vers le monastère. Arrivé là, il s'arrêta de
nouveau sur le seuil en attendant la petite bande.
Il pria le conducteur de vouloir bien venir au
couvent prendre la réponse; celui-ci le promit et
se sépara des deux femmes, qui le chargèrent de
remercîments et de commissions pour le père
Cristoforo. Le gardien fit entrer la mère et la
fille dans la première cour du monastère. Il les
introduisit dans l'appartement de l'économe, à
qui il les recommanda, et alla seul présenter sa
requête. Quelques instants après, il reparut tout
joyeux pour leur dire de venir avec lui : il arriva
à temps, car la mère et la fille ne savaient plus
comment se tirer des pressantes questions de l'é-
conome. En traversant une seconde cour, le gardien endoctrina les femmes sur la manière de se
conduire envers la signora. « Elle est bien portée
« pour vous, dit-il, et elle vous peut faire beau-
« coup de bien. Soyez soumises et respectueuses;
« répondez avec simplicité aux demandes qu'il
« lui plaira de vous faire, et quand vous ne serez
« pas interrogées, laissez-moi dire.... » Ils entrèrent dans une pièce du rez-de-chaussée d'où
l'on passait au parloir. Avant d'y mettre le pied,
le gardien, poussant la porte, dit à voix basse

aux deux femmes : « Elle est là, » comme pour
leur rappeler tous les avis qu'il leur avait donnés.
Lucia n'avait jamais vu de couvent. Entrée au
parloir, elle regarda autour d'elle, cherchant
partout la signora pour lui faire sa révérence.
N'apercevant personne, elle était comme étourdie ; mais, voyant le père aller d'un côté et Agnese
le suivre, elle regarda par là, et elle avisa un
trou presque carré, semblable à une lucarne,
fermé par deux grosses et épaisses grilles de fer,
à deux palmes de distance l'une de l'autre, et
derrière les grilles une religieuse debout. Son
aspect, qui pouvait dénoter vingt-cinq ans, donnait à la première vue une impression de beauté,
mais d'une beauté fatiguée, tourmentée et flétrie
dans sa fleur. Un voile noir jeté et tendu hori-
zontalement sur sa tête tombait à droite et à
gauche à égale distance du visage ; sous ce voile,
un bandeau de lin, d'une éblouissante blancheur,
ceignait le milieu d'un front d'une autre teinte
de blancheur, mais non moins éblouissant ; un second bandeau plissé entourait le visage jusque
sous le menton, tournait autour du cou, et s'é-
tendait jusque sur la poitrine pour couvrir l'é-
chancrure d'un corset noir. Mais ce front se ridait
souvent comme par une contraction douloureuse, et alors deux noirs sourcils se rappro-
chaient par un rapide mouvement. Deux yeux
très noirs aussi se fixaient parfois sur votre visage avec un air d'examen superbe ; parfois ils se
baissaient en hâte, de peur d'y laisser lire ; dans

de certains moments, un observateur attentif
aurait cru qu'ils demandaient de l'affection, du
retour, de la pitié; parfois il aurait cru sur-
prendre la révélation subite d'une haine invé-
térée et comprimée, d'un je ne sais quel désir
farouche; quand ils restaient fixes, immobiles
et distraits, d'autres y auraient lu un ennui or-
gueilleux; d'autres enfin auraient pu y soupçonner le travail d'une pensée secrète, d'un chagrin familier à l'esprit, plus fort que les images des objets présents, et qu'elle ne pouvait
pas vaincre. Ses joues, d'une pâleur extrême,
descendaient en contour délicat, mais sensi-
blement maigri et altéré par une lente exté-
nuation. Ses lèvres, quoiqu'à peine colorées
d'un rose éteint, ressortaient au milieu de cette
pâleur; leur mouvement était comme celui des
yeux, subit, vif, plein d'expression et de mystère. Ce costume peu gracieux et peu favorable
ne faisait pas valoir sa taille bien prise; elle pa
raissait contournée dans de certains mouvement
brusques, irréguliers et trop résolus, non seulement pour une religieuse, mais même pour une
femme. Dans ce vêtement même il y avai
quelque chose d'étudié ou de négligé qui annon
çait une religieuse d'un caractère particulier. Sa
taille était serrée avec une certaine coquetterie
mondaine; et du bandeau sortait sur une des
tempes la pointe d'une mèche de noirs cheveux,
qui attestait ou l'oubli ou le mépris de la règle qui
prescrivait de tenir toujours rasés les cheveux, cou-

pés dans la cérémonie solennelle de la profession.

Ces circonstances ne faisaient nullement impression sur l'esprit des deux femmes, peu habituées à distinguer une religieuse d'une religieuse; et le père gardien, qui ne voyait pas la signora pour la première fois, était déjà fait, comme tant d'autres, à ce je ne sais quoi d'étrange qui apparaissait dans ses manières et dans ses vêtements.

Elle était, comme nous l'avons dit, debout près de la grille, où elle s'appuyait nonchalamment d'une main, s'amusant à passer ses beaux doigts dans les trous, le visage un peu baissé, et observant ceux qui s'avançaient. « Révérende « mère et illustrissime signora, » dit le gardien, le front incliné et la main droite sur le cœur, « voici la pauvre jeune fille pour qui vous m'avez « fait espérer votre puissante protection, et voilà « sa mère. »

Les deux femmes qu'on présentait firent de grandes révérences. La signora leur fit signe de la main que c'était assez, et elle dit en se tournant vers le père : « C'est une bonne fortune « pour moi que de pouvoir faire quelque chose « qui soit agréable à nos bons amis les pères « capucins. Mais, continua-t-elle, contez-moi « un peu plus particulièrement le cas de cette « jeune fille, afin que je voie mieux ce qu'on « peut faire pour elle. »

Lucia rougit et baissa la tête sur sa poitrine.

« Vous le devez savoir, révérende mère....., »

commençait Agnese ; mais le gardien lui coupa
la parole. « Cette jeune fille, illustrissime signora,
« m'est recommandée, ainsi que je vous l'ai dit,
« par un de nos frères. Elle a été forcée de partir
« secrètement de son pays pour se soustraire à
« de grands dangers, et elle a besoin, pour quel-
« que temps, d'un asyle où elle puisse vivre in-
« connue, et où personne ne l'ose venir troubler,
« Quand aussi...

« — Quels périls ? De grâce, père gardien, ne
« me dites pas la chose d'une manière énigmati-
« que : vous savez que nous autres religieuses nous
« sommes avides d'entendre les choses de point en
« point.

« — Ce sont des périls que l'on peut à peine
« légèrement faire entendre aux chastes oreilles
« de la révérende mère.

« — Oh ! assurément, » dit aussitôt la signora
en rougissant un peu. Etait-ce par pudeur ? Qui
aurait observé la rapide expression de dépit qui
accompagnait cette rougeur aurait pu en douter, et il en aurait douté davantage s'il l'avait
comparée avec la rougeur qui se répandait de
plus en plus sur les joues de Lucia.

« Qu'il suffise de dire, reprit le père gardien,
« qu'un gentilhomme *prepotente*..... (tous les
« grands de la terre ne se servent pas des dons de
« Dieu pour sa gloire et l'avantage de leur pro-
« chain, comme le fait l'illustrissime signora)
« un chevalier *prepotente*, après avoir long-temps
« poursuivi cette jeune fille par d'indignes cajo-

« leries, voyant qu'elles étaient inutiles, a eu
« le cœur de la poursuivre ouvertement par la
« violence, et l'infortunée a été réduite à fuir de
« sa maison.

« — Approchez-vous, jeune fille, » dit la signora
à Lucia en lui faisant signe du doigt. « Je sais que la
« vérité parle par la bouche du père gardien; mais
« personne ne peut être mieux informée que vous
« sur cette affaire : c'est à vous qu'il appartient de
« dire si ce chevalier était un persécuteur odieux. »
Quant à l'ordre d'approcher, Lucia obéit sur-le-
champ; mais pour répondre, c'était une autre
affaire. Une enquête sur cette matière l'aurait
jetée dans une grande confusion, quand bien
même elle aurait été faite par l'une de ses égales;
faite par la signora, et avec un certain air de
doute malin, il lui fut impossible d'y répondre.
« Signora....., mère révérende....., » balbu-
tia-t-elle, et elle avait l'air de n'avoir rien autre à dire. Ici Agnese se crut autorisée, comme
celle qui, après Lucia, était assurément la mieux
informée, à venir à son secours. « Illustris-
« sime signora, dit-elle, je puis rendre bon té-
« moignage que ma fille que voilà avait en hor-
« reur ce cavalier comme le diable a l'eau bénite.
« Je veux dire que le diable c'était lui; mais la
« signora m'excusera si je m'exprime mal, parce
« que nous sommes des gens tels que Dieu nous
« a faits. Le fait est que cette pauvre enfant était
« promise à un jeune homme notre égal, élevé
« dans la crainte de Dieu, et assez bien pourvu;

« et si le seigneur curé était un peu plus un hom-
« me comme je veux dire..... Je sais que je parle
« d'un religieux ; mais le père Cristoforo, l'ami
« du père gardien qui est là, est un religieux
« aussi, et c'est un homme rempli de charité ; et
« s'il était ici, il pourrait attester....

« — Vous êtes bien prompte à parler sans être
« interrogée, » interrompit la signora d'un air
altier et en colère, qui la fit paraître presque
difforme. « Taisez-vous : je ne sais que trop, moi,
« que les parents ont toujours une réponse prête
« à faire au nom de leur enfant. »

Agnese, mortifiée, jeta sur Lucia un regard
qui voulait dire : « Tu vois ce qui m'arrive pour
« ta timidité. » Le gardien faisait signe de l'œil et
de la tête à la jeune fille que le moment était
venu de chasser la paresse, et de ne pas laisser la
pauvre femme dans l'embarras.

« Révérende signora, dit Lucia, ce qu'a dit
« ma mère est la pure vérité. Le jeune homme
« qui me courtisait, » et ici elle devint couleur
de pourpre, « je l'acceptais librement et par ma
« volonté. Pardonnez-moi si je parle en fille har-
« die, mais c'est pour ne pas vous laisser mal
« penser de ma mère. Et quant à ce seigneur (que
« Dieu lui pardonne !), je voudrais plutôt mou-
« rir que de tomber entre ses mains. Si la signora
« nous fait la charité de nous mettre en lieu de
« sûreté, puisque nous sommes réduites à l'extré-
« mité de demander un asyle et d'incommoder les
« gens de bien (mais que la volonté de Dieu soit

faite!), soyez assurée, signora, que personne ne
« pourra prier pour vous du fond du cœur plus
« que nous, pauvres femmes.

« — Je vous crois, » dit la signora d'une voix
radoucie; « mais j'aurai du plaisir à vous enten-
« dre seule à seule ; non que j'aie besoin d'autres
« éclaircissements ni d'autres motifs pour me
« rendre au désir du père gardien, » ajouta-t-
elle aussitôt en se tournant vers lui avec une
complaisance étudiée. « Même , poursuivit-
« elle, j'y ai déjà pensé, et voici, jusqu'à pré-
« sent, ce que j'ai trouvé de mieux à faire. L'é-
« conome du monastère a placé, il y a peu de
« jours, sa dernière fille : ces femmes pourront
« occuper la chambre que celle-ci a de libre,
« et l'aider dans les petits services qu'elle rendait
« au couvent. En vérité.... » Et là elle fit signe
au père gardien de s'approcher de la grille, et
elle continua à voix basse : « En vérité, attendu
« la dureté des temps, on ne pensait pas à rem-
« placer cette jeune fille ; mais je parlerai à la
« mère abbesse, et, sur un mot de moi........ ,
« sur le désir du père gardien..... ; enfin je donne
« la chose pour faite. »

Le gardien commençait à rendre grâces; mais la
signora l'interrompit : « Il n'est pas besoin de tant
« de cérémonies; moi aussi, le cas échéant, en un
« besoin je saurais faire fond sur l'assistance des
« pères capucins. A la fin, » poursuivit-elle avec
un sourire à travers lequel perçait un je ne sais

quoi de railleur et d'amer; « à la fin ne sommes
« nous pas frères et sœurs? »

Cela dit, elle appela une sœur converse (deux
de celles-ci étaient, par une distinction singulière, attachées à son service privé), et elle lui
ordonna d'avertir l'abbesse de ce qui se passait.
Ayant fait venir ensuite l'économe à la porte du
cloître, elle prit avec elle et avec Agnese les mesures nécessaires. Elle renvoya celle-ci, prit congé du gardien et retint Lucia. Le gardien accompagna Agnese à la porte, en lui donnant de
nouvelles instructions, et s'en alla pour préparer
la lettre de relation à son ami Cristoforo. « C'est
« une grande étourdie que cette signora, pen-
« sait-il en chemin, une grande curieuse en vé-
« rité; mais, en la sachant prendre par son fai-
« ble, on lui fait faire tout ce qu'on veut. Mon
« Cristoforo ne s'attend certainement pas que je
« l'aie si tôt ni si bien servi. Le digne homme !
« Il n'y a pas de remède, il faut toujours qu'il
« se fourre dans quelque intrigue; mais il le fait
« pour le bien. Il est heureux pour lui cette fois
« qu'il ait trouvé un ami qui, sans tant de bruit,
« sans tant de fracas, sans tant de peines, a con-
« duit l'affaire à bon port en un clin-d'œil. Il
« sera content, ce bon Cristoforo, et il s'avisera
« enfin que nous aussi nous sommes bons à quel-
« que chose. »

La signora, qui, en présence d'un capucin avancé en âge, avait étudié ses mouvements et ses
discours, restée ensuite tête-à-tête avec une jeune

personne sans expérience, ne songeait plus tant
à se contenir ; ses propos devinrent peu à peu si
étranges, qu'au lieu de les rapporter, nous croyons
qu'il vaut mieux raconter succinctement l'histoire précédente de cette infortunée, mais seulement ce qu'il faut pour expliquer ce que nous
avons remarqué en elle de mystérieux et d'inaccoutumé, et pour faire comprendre les motifs de
sa conduite dans les faits que nous aurons à raconter.

C'était la dernière fille du prince ***, puissant
gentilhomme milanais, que l'on pouvait mettre
au nombre des plus opulents de la ville. Mais
l'importance démesurée qu'il attachait à son rang
lui faisait paraître ses ressources à peine suffisan-
tes et même trop faibles pour en soutenir l'honneur. Toute son étude, tous ses soins tendaient,
autant que la chose était en son pouvoir, à les
conserver intactes et dans une seule main. On ne
voit pas bien clairement dans notre histoire combien il avait d'enfants ; on est seulement induit
à penser qu'il avait destiné au cloître tous ses ca-
dets de l'un et de l'autre sexe, pour laisser sa
fortune dans toute son intégrité à son fils aîné,
destiné à perpétuer la famille et à donner le jour
à des rejetons, pour se tourmenter et les tourmenter comme son père. Notre infortunée était
encore cachée dans les flancs de sa mère, que son sort
était irrévocablement fixé. Un seul point restait à
décider : c'était de savoir si ce serait un religieux
ou une religieuse ; décision pour laquelle il était

besoin, non de son assentiment, mais de sa présence. Quand elle vint au monde, le prince son
père, voulant lui donner un nom qui réveillât
immédiatement l'idée du cloître, et qui eût été
porté par une sainte de haut lieu, la nomma
Gertrude. Des poupées en habit de religieuse furent les premiers jouets qu'on lui mit entre les
mains ; puis des images de religieuses, en accompagnant le cadeau de l'avis d'en bien faire état
comme d'une chose précieuse, et avec cette in-
terrogation affirmative : « C'est beau ? eh ! »
Quand le prince, ou la princesse, ou le petit
prince, seul enfant mâle qui fût élevé au logis,
voulaient louer la bonne mine de la jeune enfant,
ils semblaient ne pas trouver de manière pour
bien exprimer leur idée que ces mots : « La jolie
« mère abbesse ! » Toutefois personne ne lui disait jamais précisément : «Tu te dois faire religieuse. » C'était une idée sous-entendue, et qu'on
touchait incidemment dans toutes les conversa-
tions qui avaient trait à son avenir. Si parfois
la petite Gertrude se laissait aller à quelque mouvement d'impatience ou de hauteur auquel
son naturel la portait très aisément, « Tu n'es
« qu'un enfant, lui disait-on : ces manières ne te
« conviennent pas. Quand tu seras la mère ab-
« besse, alors tu mèneras les gens à la baguette ;
« tu feras la pluie et le beau temps. » D'autres
fois le prince, en la reprenant de certaines manières trop libres et trop familières où elle s'a-
bandonnait volontiers, « Ehi ! ehi ! disait-il. Ce

« ne sont pas là les habitudes d'une personne de
« ton rang. Si tu veux qu'un jour on te porte le
« respect qui t'est dû, apprends de bonne heure
« à être plus réservée; souviens-toi que tu dois
« être en toute chose la première du couvent,
« parce que le sang vous suit partout où vous
« allez. »

Tous les propos de cette nature faisaient ger-
mer dans la tête de la petite fille l'idée implicite
qu'elle devait être religieuse; mais ceux qui venaient de son père produisaient plus d'effet que
tous les autres ensemble. Les manières du prince
étaient habituellement celles d'un maître austè-
re; mais quand on parlait de l'état futur de ses
enfants, il perçait dans son air et dans ses moindres mots un fixité de résolution, une ombrageuse
jalousie de commandement qui imprimait le sentiment d'une nécessité fatale.

A six ans Gertrude fut placée, pour son éducation, et plus encore pour la préparer à la vocation qui lui était imposée, dans le couvent où
nous l'avons vue. Le choix du lieu ne se fit pas
sans dessein. Le bon conducteur des deux femmes a dit que le père de la signora tenait le premier rang à Monza. En rapprochant ce témoi-
gnage, quelle qu'en soit la valeur, avec quelques
autres indications que notre anonyme laisse échapper étourdiment çà et là, nous pouvons facilement poser en fait qu'il était le seigneur feuda-
taire de ce pays. Quoi qu'il en soit, il y jouissait
d'une très grande autorité; et il pensa que là

mieux qu'ailleurs sa fille serait traitée avec cette
distinction et ces égards qui pourraient la séduire
et l'amener à choisir ce couvent pour sa demeure
éternelle. Il ne s'abusait pas. L'abbesse d'alors,
et quelques autres religieuses intrigantes, qui tenaient, comme on dit communément, la queue
de la poêle, se trouvaient parfois engagées en de
certaines querelles avec un autre couvent et avec
quelques familles du pays.

Elles furent enchantées de gagner un tel appui,
reçurent avec beaucoup de reconnaissance l'honneur qu'on leur faisait, et répondirent pleine-
ment aux intentions que le prince avait laissées
percer sur l'établissement irrévocable de sa fille,
intentions qui, du reste, s'accordaient parfaite-
ment avec leurs intérêts. A peine entrée au
couvent, Gertrude fut nommée par antonomase
la *signorina;* on lui donna une place réservée
à table, au dortoir; sa conduite était toujours
proposée comme un modèle à ses compagnes;
on l'accablait de douceurs et de caresses, mais
de ces caresses assaisonnées de cette familiarité
à demi respectueuse qui plaît tant aux enfants
quand ils la trouvent dans ceux qu'ils voient traiter les autres avec un ton habituel de supériorité. Ce n'est pas que toutes les religieuses
fussent conjurées pour faire tomber la pauvre
enfant dans le piége: il y en avait beaucoup de
simples et d'étrangères à toute espèce d'intrigue,
à qui l'idée de sacrifier une jeune fille dans
des vues intéressées aurait fait horreur; mais

elles étaient toutes attentives à leurs occupations particulières ; celles-ci ne s'apercevaient pas bien de tous ces manéges ; celles-là ne voyaient pas combien ils étaient coupables ; les unes s'abstenaient de faire un examen là-dessus ; les autres se taisaient pour ne pas faire un scandale inutile ; quelques unes aussi, se souvenant d'avoir été amenées par de semblables artifices à ce dont elles s'étaient ensuite repenties, éprouvaient de la compassion pour la pauvre petite innocente, et s'en soulageaient en lui faisant des caresses tendres et mélancoliques sous lesquelles elle était bien loin de soupçonner qu'il y eût aucun mystère. L'affaire allait donc son train, et peut-être serait-elle allée ainsi jusqu'au bout si Gertrude avait été la seule enfant dans ce couvent. Mais parmi ses compagnes d'éducation quelques unes savaient qu'elles étaient destinées au mariage. La petite Gertrude, nourrie dans les idées de sa supériorité, parlait orgueilleusement de ses destinées futures d'abbesse, de princesse du couvent, et voulait à tout moment être un sujet d'envie. Elle voyait avec étonnement et avec dépit que plusieurs de celles-ci ne s'en montraient pas touchées. Aux images majestueuses, mais froides et circonscrites, que peut fournir la primauté dans un couvent, elles opposaient les images variées et brillantes du monde : un mari, des festins, des bals, des parties de campagne, des tournois, de pompeux cortéges, de riches parures, des équipages. Ces images

produisaient dans l'esprit de Gertrude ce mouvement, cette effervescence que produirait un
grand panier de fleurs fraîchement cueillies,
placé devant une ruche d'abeilles. Ses parents
et ses institutrices avaient cultivé et fait croître
en elle sa vanité naturelle, pour lui faire aimer
le cloître ; mais quand cette passion fut excitée
par des idées qui la charmaient bien davantage,
elle s'y jeta aussitôt avec une ardeur bien plus
vive et plus spontanée. Pour ne pas rester en
arrière de ses compagnes et pour se livrer au
nouveau cours que ses idées venaient de prendre, elle répondait que personne après tout ne
lui pouvait mettre le voile sur la tête sans son
consentement ; qu'elle aussi pouvait prendre un
époux, et, bien mieux qu'elles toutes, habiter
un palais et jouir des délices du monde ; qu'elle
le pouvait, pourvu qu'elle le voulût ; qu'elle le
voudrait ; qu'elle le voulait, et elle le voulait
en effet. L'idée de la nécessité de son consentement, idée qui jusque alors était restée comme
inaperçue et assoupie dans un coin de son cerveau, se réveilla alors et se manifesta dans toute
son importance. Elle l'appelait à tout moment
à son secours pour jouir plus tranquillement des
images d'un doux avenir. Toutefois derrière
cette idée il en apparaissait toujours infaillible-
ment une autre : c'est qu'il s'agissait de refuser
ce consentement au prince son père, et que
celui-ci le tenait déjà ou paraissait le tenir pour
donné. A cette idée le cœur de la jeune fille

était bien loin de la sécurité qu'elle affectait dans ses discours. Elle se comparait alors avec ses compagnes, qui étaient bien autrement sûres de cet avenir, et elle éprouvait alors doulou-reusement cette jalousie que dans le principe elle avait cru leur inspirer. En les enviant, elle les prit en haine ; quelquefois sa haine s'exha-lait en mépris, en railleries, en mots piquants ; quelquefois la conformité des penchants et des espérances l'apaisait, et faisait naître une appa-rente et fugitive intimité ; d'autres fois, voulant jouir, en attendant, de quelque chose de réel et de présent, elle se complaisait dans les préfé-rences qui lui étaient accordées, et faisait sentir sa supériorité aux autres ; quelquefois, ne pou-vant plus supporter de se livrer seule et en si-lence à ses désirs et à ses craintes, timide, elle allait au-devant d'elles comme pour en implorer de la bienveillance, des conseils, du courage. Au milieu de ces déplorables petits combats avec elle et avec les autres, elle avait passé l'en-fance et atteignait cet âge si critique où il sem-ble qu'il entre dans l'âme comme une puissance mystérieuse qui excite, embellit, fortifié tous les penchants, toutes les idées, et quelquefois les change ou leur fait prendre un cours impré-vu. Ce que Gertrude avait jusque alors le plus distinctement entrevu dans ses rêves de l'avenir, c'était l'éclat et la pompe extérieure. Un je ne sais quoi de doux et d'affectueux, à peine aperçu d'abord, et vague comme un nuage, commença

3.

alors à se développer et à primer dans son imagination. Dans la partie la plus reculée de son
esprit, elle s'était fait en quelque sorte une brillante retraite. C'est là qu'elle allait chercher
un refuge contre le présent ; c'est là qu'elle ac-
cueillait des êtres fantastiques, bizarre mélange
des souvenirs confus de l'enfance, du peu qu'elle
pouvait entrevoir du monde extérieur, des
idées que lui avaient révélées ses entretiens avec
ses compagnes. Elle s'entretenait avec eux, elle
leur parlait, elle se répondait en leur nom. Là
elle commandait en souveraine, et s'enivrait
d'hommages. De temps en temps les idées de la
religion venaient interrompre la fatigue et l'en-
chantement de ces brillantes fêtes. Mais la réli-
gion, telle qu'on l'avait enseignée à notre infortunée, et telle qu'elle l'avait comprise, loin de
proscrire l'orgueil, le sanctifiait, le proposait
comme un moyen d'atteindre à la félicité ter-
restre. Dépouillée aussi de son essence, ce n'é-
tait plus la religion, mais un vain fantôme,
comme tant d'autres. Dans les intervalles où ce
fantôme occupait la première place et grandissait dans l'imagination de Gertrude, l'infortunée, accablée de craintes confuses et comme par
une confuse idée de devoirs, s'imaginait que sa
répugnance pour le cloître et sa résistance aux
insinuations de sa famille dans le choix d'un état
était un crime. Elle promettait en son cœur de
l'expier en s'enfermant volontairement dans le
cloître. C'était une loi, qu'une jeune personne ne

pouvait être acceptée comme religieuse avant
d'avoir été examinée par un ecclésiastique nommé
le vicaire des religieuses, ou par quelque autre
délégué pour cela. On voulait par là constater
qu'elle avait agi librement, et cet examen ne
pouvait avoir lieu qu'un an après qu'elle aurait
exposé ce désir au vicaire dans une demande
par écrit. Les religieuses qui s'étaient chargées
du triste soin d'amener Gertrude à se lier à jamais, avec le moins de connaissance possible
de ce qu'elle faisait, saisirent un des moments
que nous avons déjà dits pour lui faire copier et
signer sa demande. Afin de l'y amener plus aisément, elles ne manquèrent pas de lui dire et de
lui répéter, ce qui était vrai, qu'après tout ce
n'était qu'une pure formalité, qui ne pouvait devenir efficace qu'autant qu'elle ferait d'autres
actes entièrement dépendants de sa volonté.
Néanmoins la demande n'était pas encore arrivée
à sa destination que Gertrude s'était déjà repen-
tie de l'avoir écrite. Elle se repentait ensuite
de ces repentirs, et passait ainsi les jours et les
nuits, flottant sans cesse entre des volontés contraires. Elle tint long-temps caché à ses compagnes ce qu'elle avait fait, tantôt dans la
crainte d'exposer à leurs contradictions une résolution qu'elle croyait bonne, tantôt retenue par
la honte de rendre une sottise publique. Le désir de soulager son cœur et de trouver des conseils et du courage prit enfin le dessus. C'était
encore une loi, qu'une jeune personne ne fût ad-

mise à cet examen qu'après avoir demeuré un
mois au moins hors du couvent où elle avait
été élevée. L'année qui devait suivre la demande
était presque écoulée ; Gertrude avait été aver-
tie que sous peu elle serait retirée du couvent et
conduite dans la maison paternelle pour y rester
ce mois, et faire toutes les démarches nécessaires
pour achever l'œuvre qu'elle avait commencée.
Le prince et le reste de la famille tenaient l'affaire
pour sûre, comme si elle avait été terminée. Mais
ce n'était plus là le compte de la jeune fille.
Au lieu de s'avancer encore, elle songeait au
moyen de retirer son premier pas. Dans cette
position difficile, elle résolut de s'ouvrir à une
de ses compagnes, la plus franche de toutes et
toujours prête à donner des conseils vigoureux.
Celle-ci persuada à Gertrude que, puisqu'elle
n'avait pas le courage de dire en face à son père
un bon *Non*, il fallait l'informer par une
belle lettre comment elle avait changé d'idée.
Mais comme les avis gratuits sont très rares en
ce monde, la donneuse de conseil fit payer celui-
ci à Gertrude par beaucoup de plaisanteries sur
sa poltronnerie.

La lettre fut concertée entre trois ou quatre
confidentes, écrite en cachette, et envoyée à son
adresse au moyen de ruses et d'artifices bien
étudiés. Gertrude était dans une grande anxiété, en attendant une réponse qui ne vint jamais. Seulement, quelques jours après, l'abbesse,
la tirant à l'écart d'un air de mystère, de ména-

gement et de compassion, lui toucha quelques
mots obscurs de la grande colère où était le
prince, et de quelque escapade qu'elle devait
avoir faite, en lui laissant pourtant entendre
qu'en se comportant bien, elle pouvait espérer
que tout serait oublié. La jeune enfant comprit,
et n'osa pas en demander davantage.

Le jour si redouté et si désiré arriva enfin.
Bien que Gertrude sût qu'elle allait à un combat, cependant, sortir du monastère, franchir
l'enceinte de ces murs où elle avait été huit
ans renfermée, parcourir en carrosse le libre espace des champs, revoir la ville, la maison paternelle, ce fut pour son cœur des sensations pleines d'une joie tumultueuse. Quant au combat,
elle était dirigée par ses confidentes; elle avait
déjà pris ses mesures, et, comme on dirait aujour-
d'hui, tracé son plan. « Où l'on voudra me faire
« violence disait-elle, et je tiendrai bon ; je serai
« soumise et respectueuse, mais je refuserai. Il ne
« s'agit que de ne pas dire un autre *Oui,* et je ne le
« dirai pas. Ou ils me prendront par la douceur,
« et je serai encore plus douce qu'eux ; je pleure-
« rai, je supplierai, je les toucherai. Après tout,
« je ne demande rien autre que de n'être pas sa-
« crifiée ! » Mais, ainsi qu'il en advient souvent des
merveilleuses prévisions, aucune des deux ne vint
à se vérifier. Les jours s'écoulaient sans que son
père ou nul autre lui parlassent de la demande
ni de la rétractation, sans qu'on lui fît aucune
proposition, ni par caresses, ni par menaces. Ses

parents étaient sérieux, froids, durs avec elle,
sans lui jamais dire le pourquoi. On comprenait
seulement qu'ils la regardaient comme une coupable, comme une indigne. Un mystérieux ana-
thème semblait peser sur elle, et la retrancher
de la famille, en ne l'y laissant réunie que le
temps nécessaire pour lui faire sentir sa sujétion.
Rarement, et seulement à des heures réglées,
elle était admise à la société de ses parents et
de son frère aîné. Dans les entretiens que ceux-ci
avaient ensemble régnait une grande intimité,
qui rendait plus sensible et plus douloureuse encore la proscription de Gertrude. Personne ne
lui adressait la parole; chaque mot qu'elle mettait timidement en avant, s'il n'avait pas pour
objet une nécesssité évidente, tombait, sans
qu'on y daignât prendre garde, ou n'obtenait
une réponse que d'un air distrait, méprisant ou
sévère. Que si, hors d'état de supporter plus
long-temps un traitement si humiliant et si
amer, elle tentait d'insister et de faire effort
pour se familiariser, si elle implorait un peu
d'amour, elle s'entendait aussitôt jeter quelque
mot indirect, mais clair, sur le choix d'un état.
On lui faisait entendre d'une manière détournée
que c'était le seul moyen de regagner l'affection
de la famille. Comme elle n'en aurait jamais
voulu à ce prix, elle était contrainte à se tirer en
arrière, à refuser presque les premières marques
de bienveillance qu'elle avait désirées, à reprendre d'elle-même sa condition d'excommuniée,

et elle y restait, par surcroît de malheur, avec une certaine apparence de tort.

Un sentiment si pénible de la réalité contrastait douloureusement avec les sujets riants dont Gertrude s'était tant occupée, et dont elle s'occupait encore dans le secret de son cœur. Elle avait espéré que, dans la maison de son père, si brillante et si fréquentée, elle aurait pu goûter au moins quelque chose des rêves qu'elle avait enfantés; mais elle se trouva complétement abusée : elle était aussi entièrement et aussi étroitement renfermée chez son père qu'au cloître; on ne parlait jamais de promenade ni de divertissement, et une tribune qui donnait de la maison dans une église contiguë ôtait encore jusqu'à la dernière occasion de mettre le pied dans la rue. La société était plus triste, moins nombreuse, moins variée qu'au couvent. A la moindre annonce d'une visite, Gertrude était obligée de se retirer, pour s'enfermer dans sa chambre avec quelques vieilles femmes de service. C'était là qu'elle dînait toutes les fois qu'on recevait. Les domestiques se conformaient pour leurs manières et leurs discours à l'exemple et à l'intention de leurs maîtres; et Gertrude, qui, par inclination, était disposée à les traiter familièrement, et sans souci de l'étiquette; Gertrude, qui, dans l'état où elle se trouvait, aurait reçu comme une grâce de leur part la moindre marque de bienveillance, et s'abaissait jusques à les mendier, ne gagnait qu'un peu plus d'humiliation et de chagrin à voir ses avances reçues avec une indifférence manifeste, bien qu'accompagnée d'un léger respect d'usage. Elle s'aperçut enfin que, bien différent de ceux-ci, un page lui portait un respect et sentait pour elle une compassion d'un genre particulier. L'air et les manières de ce jeune garçon étaient ce que Gertrude avait encore vu de plus rapproché de l'ordre de choses qu'elle avait tant de fois rêvé, de plus ressemblant à l'air et aux manières de ses créatures idéales. Peu à peu un je ne sais quoi de nouveau et d'inaccoutumé se révéla dans les manières de la jeune fille ; un calme et une inquiétude à la fois, qui n'étaient plus son ancien calme et son ancienne inquiétude ; l'air d'une personne qui a trouvé quelque chose qui l'occupe, quelque chose qu'elle voudrait contempler à tout moment et ne pas laisser voir à autrui. On la surveilla de plus près que jamais. Tant il y a qu'un beau matin elle fut surprise, par une de ses camaristes, pliant à la dérobée un papier sur lequel elle aurait mieux fait de ne rien écrire. Après un court débat, le papier resta aux mains de la camariste, et passa de celles-ci aux mains du prince. La frayeur de Gertrude au bruit de ses pas ne se peut ni décrire, ni concevoir. C'était son père ; il était irrité, et elle se sentait coupable. Mais quand elle le vit paraître, le sourcil menaçant et la fatale lettre à la main, ce n'est plus seulement dans un cloître, c'est à cent pieds sous terre qu'elle aurait voulu être. Il ne dit que peu de mots, mais ils furent terribles. On ne lui imposait pas pour le moment d'autre peine que d'être enfermée dans cette chambre, sous la garde de la camariste qui avait fait la découverte; mais cette peine n'était qu'un prélude, une précaution provisoire: on promettait, on laissait planer vaguement sur sa tête un châtiment à venir, mystérieux, indéterminé, et par là plus effrayant.

Le page fut chassé sur-le-champ, comme de raison, et on le menaça d'une correction terrible s'il osait jamais ouvrir la bouche sur cette aventure. En lui intimant cet ordre, le prince lui appliqua deux vigoureux soufflets, pour associer à cette aventure un souvenir qui pût ôter au jeune garçon toute tentation de s'en vanter. Un prétexte quelconque pour colorer les motifs de l'expulsion d'un page n'était pas difficile à trouver; quant à la jeune fille, on dit qu'elle était incommodée.

Elle resta donc avec le battement de cœur, la honte, le remords, la crainte de l'avenir, sans autre compagnie que cette femme, qu'elle détestait, comme le témoin de sa faute et la cause de sa disgrâce. Celle-ci détestait à son tour Gertrude, réduite qu'elle était, grâce à elle, sans savoir pour combien de temps, à la vie ennuyeuse de geôlière, et devenue pour jamais dépositaire d'un dangereux secret.

Le premier tumulte de ces sentiments confus s'apaisa peu à peu; mais chacun d'eux, en assiégeant tour à tour son esprit, y grandissait, et y prenait placé pour la tourmenter plus distincte-

ment et à loisir. Que pouvait être ce châtiment
qui devait fondre sur sa tête ? Mille plus étranges
s'offraient à l'imagination ardente et sans expérience de Gertrude. Ce qui lui paraissait le plus
probable, c'était d'être conduite au couvent de
Monza, d'y paraître, non plus en *signorina*,
mais en coupable, et d'y demeurer renfermée,
qui sait combien de temps et avec quels traite-
ments ! La crainte de la honte était peut-être
ce qu'il y avait de plus douloureux pour elle
dans cet avenir tout plein de douleurs. Les phrases, les mots, les virgules de cette malheureuse
lettre, passaient et repassaient dans sa mémoire ;
elle se les figurait lus, pesés par un lecteur si peu
attendu, si différent de celui à qui ils étaient
destinés en réponse ; elle s'imaginait qu'ils auraient
pu tomber sous les yeux de sa mère, ou de son
frère, ou de tout autre, et ce n'eût rien été auprès. L'image de celui qui avait été cause première de tout le scandale ne laissait pas que de
venir souvent aussi tourmenter la pauvre re-
cluse, et il n'est pas besoin de dire quelle étrange
figure faisait ce fantôme parmi les autres, si dif-
férents, si sérieux, si froids, si menaçants ! Mais
comme elle ne pouvait pas s'en séparer, ni revenir un moment à cette joie si fugitive, sans
qu'aussitôt se présentassent à son esprit les douleurs de l'instant qui l'avait suivie, elle commença peu à peu à y revenir plus rarement, à
les chasser de sa souvenance, à s'en distraire.
Elle ne s'arrêtait non plus long-temps ni avec

plaisir sur ces rêves si doux et si brillants d'autrefois : ils étaient trop opposés à sa situation, à toutes les probabilités de l'avenir. Le seul château où Gertrude pouvait imaginer un refuge tranquille et honorable, et qui ne fut pas fantastique, c'était le couvent, quand elle serait résolue à y entrer pour jamais. Une telle résolution (elle n'en pouvait douter) aurait raccommodé toute chose, soldé toutes ses dettes, et changé en un clin-d'œil sa situation. Contre ce parti s'élevaient, il est vrai, les pensées de toute sa vie ; mais les temps étaient changés. Dans la position où Gertrude était tombée, à l'idée de ce qu'elle avait à redouter, en de certains moments la condition d'une religieuse fêtée, considérée, obéie, lui parut le comble du bonheur. Deux sentiments d'un genre bien opposé contribuaient aussi par intervalles à vaincre son ancienne aversion : c'était parfois le remords de sa faute, et parfois une sorte de ferveur capricieuse de dévotion ; quelquefois c'était son orgueil irrité et révolté des manières de la geôlière, qui (souvent, il le faut dire, provoquée par elle) s'en vengeait tantôt en l'effrayant du châtiment dont on l'avait menacée, tantôt en lui faisant honte de sa faute. Lorsque ensuite elle se voulait montrer bienveillante, elle prenait un ton de protection plus odieux encore que l'insulte. Le désir que Gertrude éprouvait de sortir des griffes de cette femme, et de paraître à ses yeux dans une situation au-dessus de sa colère et de sa pitié, ce désir ha-

bituel devenait alors si vif et si poignant, qu'il lui
faisait paraître doux tout ce qui pourrait l'amener à le satisfaire.

Au bout de quatre ou cinq jours éternels de
prison, un matin Gertrude, indignée et poussée
à bout par un des traits de sa geôlière, courut se
tapir dans un coin de l'appartement, et là, le
visage caché dans ses deux mains, elle resta quelque temps à dévorer sa rage. Elle sentit un
besoin impérieux de voir d'autres figures, d'entendre d'autres paroles, d'être autrement traitée. Elle pensa à son père, à sa famille : épouvantée, elle n'osait pas s'arrêter à cette idée,
elle la repoussait. Mais elle se souvint qu'il dé-
pendait d'elle de trouver en eux des amis, et
elle en éprouva une joie subite. Derrière cette
joie étaient une confusion et un repentir extraordinaires de sa faute et un égal désir de l'expier.
Ce n'est pas que sa volonté fût affermie dans
cette résolution ; mais jamais elle n'y avait tant
incliné. Elle se leva, alla à une petite table, reprit cette plume fatale, et écrivit à son père une
lettre pleine d'enthousiasme et d'abattement,
d'affection et d'espérance, implorant son pardon
et se montrant irrévocablement décidée et prête
à faire tout ce qui pourrait plaire à celui qui le
lui devait accorder.

CHAPITRE X.

Il y a des moments où l'âme, et en particulier celle des jeunes gens, est disposée de manière qu'il suffit d'un peu d'instance pour en obtenir tout ce qui a une apparence de vertu et de sacrifice; comme une fleur à peine éclose se penche mollement sur sa tige fragile, prête à abandonner ses parfums au premier zéphyr qui la vient caresser de son souffle. Ces moments, que l'on devrait admirer avec un respect timide, sont précisément ceux que l'astuce intéressée épie attentivement et saisit au vol, pour lier une volonté qui ne songe pas à se garder.

A la lecture de cette lettre, le prince*** vit aussitôt la porte ouverte à ses anciennes et constantes visées. Il envoya dire à Gertrude qu'elle vînt devant lui; et, en l'attendant, il se disposa à battre le fer pendant qu'il était chaud. Gertrude comparut, et, sans lever les yeux sur son père, elle se jeta à ses pieds, et elle eut à peine la force de dire: « Pardon! » Celui-ci lui fit signe de se lever; mais, d'une voix peu propre à la rassurer, il lui répondit qu'il ne suffisait pas de désirer ni de demander le pardon pour l'obtenir; que ce serait

chose trop facile et trop naturelle pour quicon-
que se trouve en faute et craint le châtiment;
qu'il fallait enfin le mériter. Gertrude demanda
timidement et en tremblant ce qu'elle devait faire.
A cela le prince (on n'a pas le cœur de lui donner en ce moment le titre de père) ne répondit
pas directement; mais il commença à parler longuement de la faute de Gertrude. Ces paroles
étaient aussi cuisantes pour l'âme de la pauvre
fille que l'est le toucher d'une main rude à une
plaie. Il poursuivit en disant que..., quand bien
même....., dans le cas où jamais.... il aurait eu
d'abord quelque intention de l'établir dans le monde, elle avait maintenant mis à cela un obstacle
insurmontable. Homme d'honneur qu'il était, il
n'aurait jamais l'audace de faire présent à un
galant homme d'une demoiselle qui avait aussi
mal débuté. La malheureuse en l'écoutant était
anéantie. Alors, le prince, radoucissant par degrés sa voix et ses paroles, ajouta que pourtant
à toute faute il y avait remède et miséricorde;
que la sienne était du nombre de celles dont le
remède était le plus clairement indiqué; qu'elle
devait voir en ce triste accident comme un avis
du Ciel que la vie du siècle était trop pleine de
périls pour elle.....

« Ah! oui! » s'écria Gertrude, travaillée par
la crainte, préparée par la honte, et dirigée vers
ce parti par un soudain mouvement de tendresse.

« — Ah! vous le comprenez aussi, vous, reprit

« incontinent le prince. Eh bien ! qu'on ne parle
« plus du passé : tout est oublié. Vous avez pris
« le seul parti qui vous restât ; mais puisque vous
« l'avez pris volontairement et de bonne grâce,
« c'est à moi qu'il appartient de vous le rendre
« agréable en tout et pour tout ; c'est à moi qu'il
« appartient de vous en faire revenir tout l'a-
« vantage et tout le mérite. Je m'en charge. »
En parlant ainsi, il agita une sonnette qui était
sur la table, et dit au laquais qui entra : « La
« princesse et le jeune prince, sur-le-champ. »
Et il poursuivit ensuite, en s'adressant à Gertrude : « Je veux leur faire part à l'instant de ma
« joie ; je veux que tout le monde commence à
« vous traiter comme il convient. Vous avez
« éprouvé ce qu'est un père sévère ; mais désor-
« mais vous éprouverez ce qu'est un père ten-
« dre. »

'A ces mots Gertrude était comme étourdie.
Tantôt elle repensait comment ce *Oui*, qui lui
était échappé, avait pu signifier tant de choses ;
tantôt elle cherchait s'il y avait un moyen de le
retirer et d'en restreindre le sens. Mais la persuasion du prince paraissait si entière, sa joie si
jalouse, sa bienveillance si conditionnelle, que
Gertrude n'osa pas proférer un mot qui les pût
troubler le moins du monde.

La princesse et le jeune prince ne se firent pas
attendre. En voyant Gertrude, ils la regardèrent d'un air incertain et étonné. Mais le prince,
d'un air joyeux et tendre qui leur en prescrivait

un semblable, « Voilà, dit-il, la brebis égarée;
« et j'entends que ceci soit la dernière parole qui
« rappelle de tristes souvenirs. Gertrude n'a plus
« besoin de conseils : ce que nous désirions pour
« son bien, elle l'a voulu spontanément; elle est
« résolue, elle m'a fait entendre qu'elle était ré-
« solue..... » A ce mot elle leva sur son père un
regard craintif à la fois et suppliant, comme
pour le conjurer de suspendre; mais il poursuivit franchement : « Qu'elle est résolue à prendre
« le voile.

« —Brava! bien! » s'écrièrent d'une commune
voix la mère et le fils, et l'un après l'autre em-
brassèrent Gertrude, qui reçut cet accueil avec
des larmes que l'on prit pour des larmes de joie.
Alors le prince expliqua fort au long ce qu'il
comptait faire pour rendre le sort de sa fille heureux et brillant. Il parla des distinctions qu'elle
aurait au couvent et dans le pays; elle serait
comme une princesse, le représentant de la famille; à peine l'âge le lui aurait permis, elle serait élevée à la première dignité; et en attendant, elle ne serait sujette que de nom. La princesse et le jeune prince renouvelaient à chaque
instant les félicitations et les applaudissements;
Gertrude était comme possédée par un songe.

« Il faudra aussi fixer le jour où nous irons à
« Monza faire la demande à l'abbesse, dit le
« prince. Comme elle sera contente! Je vous puis
« assurer que tout le couvent saura apprécier
« l'honneur que Gertrude lui fait. Et même.....

« pourquoi n'y irions-nous pas aujourd'hui mê-
« me. Gertrude prendra volontiers un peu l'air.

« — Allons donc, dit la princesse.... — Je vais
« donner les ordres, dit le jeune prince. — Mais...,
« dit timidement Gertrude. — Doucement, dou-
« cement, reprit le prince ; que Gertrude en dé-
« cide. Peut-être qu'aujourd'hui elle ne se sent
« pas assez bien disposée, et qu'elle aimerait mieux
« attendre jusqu'à demain. Dites, voulez-vous
« que nous y allions aujourd'hui ou demain?

« — Demain, » répondit d'une voix faible Gertrude, qui croyait encore gagner quelque chose
en gagnant un peu de temps.

« — Demain, dit solennellement le prince.
« Elle a décidé qu'on y irait demain. En atten-
« dant je vais chercher le vicaire des religieuses,
« afin qu'il me donne un jour pour l'examen. »
Sans plus tarder, le prince sortit, et il alla en
effet (ce qui ne fut pas un petit honneur) chez le
vicaire en question, et il en eut promesse pour
le surlendemain.

Tout le reste de ce jour, Gertrude n'eut pas
deux minutes de repos. Elle aurait désiré de reposer son esprit de tant de secousses ; laisser,
pour ainsi dire, s'éclaircir ses pensées ; se rendre
compte à elle-même de ce qu'elle avait fait, de
ce qu'elle avait à faire; savoir ce qu'elle voulait ;
ralentir un moment cette machine qui, à peine
mise en mouvement, cheminait avec tant de précipitation. Mais il n'y eut pas moyen : les occupations se succédaient sans interruption, et sem-

blaient s'enchâsser l'une dans l'autre. A peine cet entretien solennel venait-il d'être achevé, qu'elle fut conduite dans le cabinet de la princesse, pour y être, sous sa direction, parée et ajustée des mains de sa propre camariste. On n'avait pas encore fini d'y mettre la dernière main, que l'on vint annoncer qu'on était servi. Gertrude passa à travers les salutations respectueuses des domestiques, qui semblaient se féliciter de sa guérison, et elle trouva quelques unes de ses parents les plus proches qui avaient été conviés en hâte pour lui faire honneur, et pour se féliciter avec elle du rétablissement de sa santé, et de la manifestation de sa vocation, deux nouvelles extrêmement heureuses.

La *sposina* * (c'est ainsi qu'on nommait les jeunes personnes destinées à l'état de religieuse, et Gertrude à son entrée fut saluée de ce nom), la *sposina* eut assez à faire de répondre aux compliments qui lui furent adressés. Elle sentait bien que chacune de ses réponses était comme un consentement nouveau et une confirmation; mais comment répondre autrement? Au sortir de la table vint l'heure de la promenade. Gertrude monta en voiture avec sa mère et avec deux oncles qui avaient été du repas. Après le tour ordinaire on se rendit à la *Strada Marina*, qui traversait alors l'espace occupé aujourd'hui

---

* La jeune épouse.

par les jardins publics : c'était là le rendez-vous
où les seigneurs venaient en char pour se reposer
des fatigues de la journée. Les oncles de Gertrude
lui parlèrent beaucoup, comme il était convenable
nable en ce jour; et l'un d'eux, qui paraissait
connaître mieux que l'autre tout le monde, tous
les équipages, toutes les livrées, et avait à tout
moment quelque chose à dire sur monsieur un
tel et sur madame une telle, s'interrompit tout
à coup, et se tournant vers sa nièce : « Ah! fri-
« ponne! lui dit-il, vous tournez le dos à toutes
« ces misères; vous êtes une rusée, vous; vous
« nous laissez, nous autres pauvres mondains,
« dans les embarras; vous allez faire une sainte
« vie, et vous prenez en carrosse le chemin du
« paradis. »

Sur la brune on retourna au logis; et les domestiques, descendant en hâte avec des flam-
beaux, annoncèrent que beaucoup de visites
étaient à attendre. La nouvelle avait couru, et
les parents et les amis venaient faire leur devoir.
On entra dans le salon de conversation. La *sposina* en fut l'idole, l'amusement, la victime.
C'était à qui l'aurait à soi; qui se faisait pro-
mettre des sucreries, qui lui promettait de
l'aller voir, qui lui parlait de la mère une telle
sa parente, qui de la mère une telle autre sa
connaissance, qui vantait l'air de Monza, qui
faisait un tableau enchanteur du haut rang dont
elle y jouirait. Ceux qui n'avaient pas encore pu
s'approcher de Gertrude ainsi assiégée se met-

taient à épier l'occasion pour se présenter devant elle, et éprouvaient une sorte de remords
jusqu'à ce qu'ils se fussent acquittés de leur devoir. Peu à peu la compagnie alla en s'éclaircis-
sant; tous partirent la conscience nette, et Gertrude resta seule avec sa famille.

« Enfin, dit le prince, j'ai eu la consolation
« de voir ma fille traitée selon son rang. Il faut
« pourtant confesser qu'elle s'est conduite à mer-
« veille. Elle a fait voir qu'elle ne sera point em-
« barrassée pour jouer le premier rôle et pour
« soutenir l'honneur de la famille. »

On soupa en hâte pour se retirer aussitôt et
être prêt le lendemain de bonne heure.

Gertrude, attristée, dépitée, et un peu eni-
vrée aussi des hommages de la journée, se res-
souvint en ce moment de ce que sa geôlière lui
avait fait souffrir. Voyant son père disposé à lui
complaire en tout hors dans une seule chose,
elle voulut profiter de la passe où elle se trouvait pour satisfaire au moins une des passions
qui la tourmentaient. Elle montra donc une
grande répugnance à se trouver avec elle, se
plaignant amèrement des ses procédés.

« Comment! dit le prince, elle vous aurait
« manqué de respect! Demain, demain je lui
« laverai la tête de manière à ce qu'elle s'en sou-
« vienne. Laissez-moi faire, vous en aurez satis-
« faction entière. En attendant, une fille dont
« je suis content ne doit pas voir auprès d'elle
« une personne qui lui déplaît. » Cela dit, il fit

appeler une autre femme à qui il ordonna de
servir Gertrude. Celle-ci cependant, savourant à
loisir la satisfaction qu'elle avait reçue, s'éton-
nait d'y trouver si peu de douceur auprès du
désir qu'elle en avait eu. Ce qui, même malgré
elle, dominait toute sa pensée, c'était le sentiment des nouveaux pas qu'elle avait faits en ce
jour sur le chemin du cloître; c'était l'idée que,
pour se tirer maintenant en arrière, il faudrait
beaucoup plus de force et de résolution qu'il
n'en aurait fallu quelques jours auparavant, et
pourtant cette force elle ne l'avait pas eue.

La femme qui la vint accompagner dans son appartement était une vieille servante de la maison,
ancienne gouvernante du jeune prince, qu'elle
avait reçu des bras de sa nourrice, élevé jusqu'à
l'adolescence, et sur lequel reposaient toutes ses
complaisances, toutes ses espérances, toute sa
gloire. Elle était joyeuse de la décision qu'on avait
prise en ce jour, comme si c'avait été sa propre fortune. Gertrude, pour achever la journée, eut à su-
bir les félicitations, les louanges et les conseils de
la vieille. Elle lui parla à son tour de plusieurs
de ses tantes et grand'tantes qui s'étaient trouvées enchantées de la vie de religieuse, parce
qu'étant issues de cette maison, elles avaient toujours joui des premiers honneurs, elles avaient
toujours su tenir une main au-dehors, et du
fond de leur parloir étaient sorties victorieuses
d'entreprises où avaient échoué les plus grandes
dames. Elle parla des visites qu'elle recevrait; un

jour elle verrait monseigneur le jeune prince
avec son épouse, qui ne pourrait être assurément
qu'une grande dame ; et alors non seulement le
couvent, mais tout le pays serait en mouvement. La vieille avait parlé en déshabillant
Gertrude ; elle parlait que Gertrude était déjà
couchée, et Gertrude dormait qu'elle parlait encore. La jeunesse et la fatigue avaient été plus
fortes que les soucis. Le sommeil fut inquiet,
agité, plein de songes pénibles ; mais il ne fut
interrompu que par la voix criarde de la vieille,
qui vint de bon matin la réveiller pour qu'elle
se préparât au voyage de Monza.

« Debout, debout, madame la *sposina*! Il
« est grand jour ; et avant que vous soyiez ha-
« billée et ajustée, il faudra encore une heure au
« moins. Madame la princesse se lève, et on l'a
« éveillée quatre heures plus tôt que de coutume.
« Monseigneur le jeune prince est déjà descendu
« aux écuries, puis il est remonté, et il est prêt
« à partir quand vous voudrez. Il est vif comme
« un lièvre, le petit démon ; mais il était ainsi
« étant tout petit, et je le peux bien dire, moi
« qui l'ai tenu dans mes bras. Mais quand il est
« pour partir il ne le faut pas faire attendre,
« parce que, bien que ce soit la meilleure pâte
« d'homme qu'il y ait au monde, alors il s'im-
« patiente et se met en fureur. Pauvre enfant !
« il faut lui complaire : c'est l'effet du tempé-
« rament ; et puis cette fois il a aussi un peu
« raison, car il prend toute cette peine pour

« vous. Malheur, dans ces moments-là, à qui
« l'irrite ! Il n'a de respect pour personne, si ce
« n'est pour monseigneur le prince. Mais un jour
« il sera aussi, lui, monseigneur le prince ; le
« plus tard que possible, pourtant. Alerte,
« alerte, signorina ! Pourquoi me regarder ainsi
« ébahie ? A cette heure vous devriez déjà être
« hors du nid. »

A l'image du jeune prince impatienté, toutes
les autres idées qui s'étaient présentées en foule
à Gertrude éveillée se dissipèrent aussitôt comme
une volée de moineaux à la vue d'un épouvan-
tail. Elle obéit, s'habilla en hâte, se laissa
parer, et parut au salon, où ses parents et son
frère étaient réunis. On la fit asseoir sur un fauteuil, et on lui apporta une tasse de chocolat :
c'était alors la même chose que faire prendre la
robe virile chez les Romains.

Quand on annonça que la voiture était prête,
le prince tira sa fille à l'écart et lui dit : « Çà,
« Gertrude, hier vous vous êtes fait honneur ;
« aujourd'hui vous devez vous surpasser vous-
« même. Il s'agit de paraître au couvent et dans
« le pays où vous êtes destinée à jouer le pre-
« mier rôle. On vous attend. » (Il est inutile de
dire que le prince avait envoyé la veille un
messager à l'abbesse.) « On vous attend, et tous
« les yeux seront fixés sur vous. De là dignité et
« de l'aisance dans le maintien. L'abbesse vous
« demandera ce que vous voulez : c'est une affaire
« de forme. Vous pouvez répondre que vous de-

« mandez d'être admise à prendre l'habit dans
« le couvent où vous avez été élevée avec tant
« de bonté, où vous avez reçu tant de marques
« de tendresse, ce qui est la pure vérité. Dites
« ce peu de mots d'un air libre et sans embar-
« ras; qu'on ne s'avise pas de dire qu'on vous a
« soufflée et que vous ne savez pas parler de vous-
« même. Ces bonnes mères ne savent rien de ce
« qui est arrivé : c'est un secret qui doit rester
« enseveli dans le sein de la famille. Cependant
« n'ayez pas un visage triste et incertain, car
« vous pourriez donner quelque soupçon. Faites
« voir de quel sang vous sortez : soyez polie et
« modeste. Mais souvenez-vous que dans ce
« lieu, hors votre famille, il n'y a personne au-
« dessus de vous…. »

Sans attendre sa réponse, le prince s'achemina
vers la porte; Gertrude, la princesse et le jeune
prince marchèrent derrière lui, descendirent les
marches, et les voilà en voiture. Les soucis et
les ennuis du monde, la vie heureuse du cloître, surtout pour les jeunes filles d'un sang illustre, tel fut le thème de la conversation durant
le trajet. Au moment d'arriver, le prince renouvela les instructions à sa fille, et lui répéta
plusieurs fois la formule de la réponse. En en-
trant dans le pays, Gertrude éprouva un ser-
rement de cœur; mais son attention fut aussitôt
détournée par je ne sais quels personnages qui,
ayant fait arrêter la voiture, recitèrent je ne sais
quels compliments. On se remit en marche et

l'on chemina plus lentement vers le monastère
à travers une haie de curieux qui accouraient de
toute part sur la route. Quand la voiture s'arrêta devant ce mur, devant cette porte, le cœur
de Gertrude se serra bien davantage. Elle des-
cendit à travers deux files de peuple que les
domestiques firent rester derrière. Tant de regards fixés sur l'infortunée la forçaient d'étudier
à tout moment sa contenance; mais ce qui,
plus que tout le reste ensemble, la tenait en sujétion, c'était l'œil de son père, vers lequel,
malgré la peur qu'elle en ressentait, elle ne pouvait s'empêcher de tourner à tout moment le
sien. Cet œil gouvernait ses mouvements et l'expression même de ses traits comme par d'invisi-
bles ressorts. La première enceinte traversée, on
entra dans la seconde, et là parut la porte du
cloître intérieur, toute ouverte et occupée par
les religieuses. Au premier rang était l'abbesse,
entourée des anciennes; derrière, les autres religieuses pêle-mêle, quelques unes sur la pointe
des pieds; au dernier rang les sœurs converses,
montées sur des escabeaux. On voyait aussi au
milieu des frocs briller çà et là quelques petits
yeux, se montrer quelques petites figures: c'é-
taient les plus avisées et les plus hardies des pensionnaires, qui, se glissant et se faufilant entre
les religieuses, étaient parvenues à se faire un
peu de place pour voir aussi quelque chose. De
cette foule sortaient des acclamations; on voyait
beaucoup de bras s'agiter en signe de félicita-

tion et de joie. On arriva à la porte : Gertru
se trouva face à face avec la mère abbesse. Après
les premiers compliments, celle-ci, d'un ton
demi-joyeux, demi-solennel, lui demanda ce
qu'elle désirait en ce lieu où l'on ne pouvait rien
lui refuser.

« Je viens...., » commença Gertrude ; mais
au moment de proférer les paroles qui devaient
décider presque irrévocablement de sa destinée, elle hésita un moment, et demeura les
yeux fixés sur la foule qui était devant elle. Elle
vit en ce moment une de ses compagnes les plus
familières qui la regardait d'un air mêlé de compassion et de malice, et qui semblait dire : « Ah !
« la voilà donc prise aussi notre petite héroïne. »
Cette vue, réveillant plus vifs dans son âme tous
ses anciens sentiments, lui rendit aussi un peu
de son premier courage ; et déjà elle était à chercher une réponse tout autre que celle qu'on lui
avait dictée. Mais ayant levé les yeux sur la
figure de son père, comme pour éprouver ses
forces, elle y découvrit une inquiétude si sombre,
une impatience si menaçante, que, résolue par
crainte, avec la même promptitude qu'elle aurait mise à fuir devant un objet terrible, elle
poursuivit : « Je viens demander d'être admise
« à prendre l'habit de religieuse dans ce couvent
« où j'ai été élevée avec tant de bonté. » L'abbesse répondit aussitôt qu'elle était désolée en
cette conjoncture que les règlements lui défen-
dissent de donner immédiatement une réponse

qui devait venir du suffrage commun des sœurs,
et que devait précéder la licence des supérieu-
res; qu'au reste Gertrude connaissait assez les
sentiments qu'on avait pour elle dans ce lieu
pour prévoir quelle serait la réponse, et qu'en
attendant, aucun règlement n'empêchait l'abbesse et les sœurs de manifester la joie qu'elles
éprouvaient d'une telle demande. Il s'éleva alors
un bruit confus de félicitations et d'acclamations.
On apporta aussitôt de grandes corbeilles pleines
de sucreries qui furent présentées d'abord à la
sposina, puis à ses parents. Pendant que quelques unes des religieuses se l'arrachaient, que
d'autres faisaient leur compliment à sa mère,
d'autres au jeune prince, l'abbesse fit prier le
prince de vouloir bien venir à la grille du parloir, où elle l'attendait. Elle était accompagnée de deux anciennes, et quand elle le vit
paraître : « Seigneur prince, dit-elle, pour
« obéir aux règlements...., pour accomplir une
« formalité indispensable, bien que dans ce cas...,
« pourtant je suis forcée de dire.... que, toutes
« les fois qu'une fille demande à être admise à
« prendre l'habit..., la supérieure, que, je suis
« indignement...., est tenue d'avertir les pa-
« rents.... que, si par hasard.... ils forçaient la
« volonté de leur fille, ils encourraient l'excom-
« munication. Vous m'excuserez....

« — Très bien, très bien, révérende mère.
« Votre exactitude est fort louable, c'est trop
« juste....; mais vous ne pouvez douter....

« — Oh! je le pense ainsi, seigneur prince. J'ai
« parlé pour remplir une obligation........; du
« reste....

« — Assurément, assurément, mère ab-
« bessse. »

Après avoir échangé ce peu de paroles, les
deux interlocuteurs se firent tour à tour une inclination et se séparèrent, comme si l'un et l'autre éprouvaient un égal embarras à prolonger la
conversation. Chacun alla rejoindre sa compagnie, l'un au-dedans, l'autre au-dehors du cloître. « Allons, dit le prince, Gertrude jouira
« bientôt tout à son aise de la société de ces bon-
« nes mères. Pour le moment, nous les avons
« assez long-temps importunées. » Et, après avoir
salué, il donna le signe du départ. Sa famille
l'imita, on renouvela les compliments, et l'on
partit.

Gertrude au retour n'avait guère envie de parler. Epouvantée du pas qu'elle avait fait, honteuse de sa faiblesse, mécontente des autres et
d'elle-même, elle faisait tristement le compte
des occasions qui lui restaient encore pour dire
Non; et elle se promettait faiblement et confusément à elle-même que dans celle-ci, ou dans
celle-là, ou bien dans une autre, elle aurait plus
d'adresse et de courage. Avec toutes ces pensées
elle n'avait pourtant pas pu se remettre entièrement de la frayeur que lui causait le regard irrité de son père; si bien que, lorsqu'un coup-d'œil
jeté à la dérobée sur son visage lui eut fait con-

naître qu'il n'y était plus resté aucune trace de
colère, qu'au contraire il paraissait très content
d'elle, cela lui sembla un grand bonheur, et pour
un moment elle en fut toute radieuse.

A peine arrivés, longue toilette, puis le dîner,
puis quelques visites, puis la promenade, puis la
conversation, et enfin le souper. Comme il finissait, le prince mit sur le tapis une autre affaire,
le choix d'une marraine. C'est ainsi qu'on appelait une dame qui, à la prière des parents, devenait gardienne et conductrice de la *sposina*
tout le temps qui s'écoulait entre la demande et
la prise d'habit. Ce temps s'employait à visiter
les églises et les sanctuaires, les édifices publics,
les sociétés, les maisons de campagne, toutes les
choses enfin les plus remarquables de la ville et
des environs, afin que les jeunes personnes, avant
de prononcer un vœu irrévocable, connussent
bien ce à quoi elles renonçaient: « Il faudra pen-
« ser à une marraine, dit le prince, parce que
« demain viendra le vicaire des religieuses pour
« la formalité de l'examen, et aussitôt après Ger-
« trude sera proposée au chapitre pour être ac-
« ceptée par les mères. » En disant ces mots il
s'était tourné vers la princesse; et celle-ci,
croyant que c'était une invitation pour elle à pro-
poser, commençait: « Il serait.... » Mais le prince
l'interrompit : « Non, non, madame la prin-
« cesse : la marraine doit avant tout agréer à la
« *sposina ;* et quoique l'usage général en donne
« le choix aux parents, cependant Gertrude a

« tant de jugement, tant de tact, qu'elle mérite
« bien qu'on fasse une exception pour elle. » Et
se tournant vers Gertrude d'un air qui semblait
annoncer une grâce singulière, il poursuivit :
« Chacune des dames qui se sont trouvées ce soir
« au salon possède les conditions nécessaires pour
« être marraine d'une fille de notre maison ;
« chacune, je me plais à le croire, se tiendra
« honorée d'obtenir la préférence : choisissez. »

Gertrude sentait bien que choisir c'était donner un nouveau consentement ; mais la proposition était faite avec tant de solennité, qu'un re-
fus aurait eu un air de mépris, et que s'en excuser même eût semblé du dédain ou de l'ingra-
titude. Elle fit donc encore ce pas ; et elle nomma
la dame qui, dans cette soirée, lui avait fait le
plus de caresses, qui l'avait le plus louée, qui
l'avait traitée avec ces manières familières, af-
fectueuses et empressées, qui donnent à une connaissance de quelques moments l'air d'une ancienne amitié. « Excellent choix ! » s'écria le
prince, qui désirait et attendait précisément celui-
là. Que ce fût adresse ou hasard, il était arrivé
ce qui arrive lorsqu'un bateleur, faisant courir
devant vos yeux les cartes d'un paquet, vous dit
d'en penser une qu'il devinera ; mais il les a fait
courir de manière à ne vous en laisser voir
qu'une seule. Cette dame avait été si bien à côté
de Gertrude toute la soirée, elle l'avait tant occupée d'elle, qu'il aurait fallu à la jeune fille un
grand effort d'imagination pour penser à une

autre. Tant d'empressement n'était pas sans motifs. La dame avait depuis long-temps jeté les
yeux sur le jeune prince pour en faire son gen-
dre : elle regardait donc les affaires de cette maison comme les siennes propres ; et il était bien
naturel qu'elle s'intéressât à cette chère Gertrude tout autant que ses parents les plus proches.

Le lendemain Gertrude s'éveilla la tête remplie de l'examinateur qui devait venir ; et tandis
qu'elle était à réfléchir s'il était prudent de saisir cette occasion si décisive pour retourner en
arrière, et quels moyens elle pourrait employer,
le prince la fit appeler. « Ah çà, ma fille, lui
« dit-il, jusqu'ici vous vous êtes admirablement
« comportée ; aujourd'hui il s'agit de couronner
« l'œuvre. Tout ce qui s'est fait jusqu'ici s'est fait
« de votre consentement. Si dans l'intervalle il
« vous était survenu quelque doute, quelque
« mouvement de repentir, quelque caprice de
« jeunesse, vous deviez vous en expliquer ; mais
« au point où sont les choses, il n'est plus temps
« de faire l'enfant. Cet homme de bien, qui doit
« venir ce matin, vous fera cent questions sur
« votre vocation ; et si vous entrez volontiers au
« couvent, et pourquoi, et comment, et que
« sais-je, moi ? Si vous tâtonnez sur vos répon-
« ses, il vous tiendra sur la sellette qui sait com-
« bien de temps : ce serait pour vous d'un ennui
« et d'une impatience à n'en plus finir. Mais il
« en pourrait résulter quelque chose de plus sé-

« rieux. Après toutes les démonstrations publi-
« ques qui ont été faites, la moindre hésitation
« que l'on verrait en vous tournerait à mon
« déshonneur. On pourrait croire que j'ai pris en
« vous un moment de caprice pour une résolu-
« tion arrêtée, que je l'ai saisi avec empressement,
« que j'ai......; que sais-je, moi? Je me trouve-
« rais alors dans la nécessité de choisir entre deux
« partis fort douloureux : ou de laisser le monde
« prendre une idée fâcheuse de ma conduite, et
« ce parti ne peut absolument pas s'accorder
« avec ce que je me dois à moi-même; ou de ré-
« véler le véritable motif de votre résolution... »
Mais il s'aperçut que Gertrude était devenue
toute de feu, que ses yeux se gonflaient, que son
visage se contractait comme les feuilles d'une
fleur au vent brûlant qui précède la tempête, et,
rompant aussitôt ce discours, il reprit d'un air
serein : « Courage, courage ! Tout dépend de
« vous, de votre raison : je sais que vous en avez
« beaucoup, et vous n'êtes pas fille à gâter sur sa
« fin une affaire si bien commencée. Mais je de-
« vais prévoir tous les cas. Qu'il n'en soit plus
« question, et restons d'accord sur ce que vous
« répondrez avec franchise, de manière à ne pas
« faire naître de doutes dans l'esprit de cet hom-
« me de bien; vous en serez aussi bien plus
« tôt quitte. » Et après lui avoir insinué quelques réponses aux demandes qui lui pourraient
être faites, il en revint au chapitre ordinaire des
douceurs et des jouissances réservées à Gertrude

dans la vie du cloître, et il l'entretint de cela
jusqu'à ce qu'un domestique vint annoncer l'examinateur. Le prince rappela en deux mots à sa
fille les instructions les plus importantes, et la
laissa seule avec lui, comme le voulaient les règlements.

Le saint homme arrivait avec l'opinion à peu
près formée que Gertrude avait une grande vocation pour le cloître : ainsi du moins l'avait dit le
prince quand il avait été l'inviter à venir. Il est
bien vrai que le bon prêtre, qui savait que la
défiance était une des vertus les plus nécessaires
de son ministère, avait pour maxime de ne pas
ajouter légèrement foi à de semblables assuran-
ces, et d'être en garde contre toute espèce de
préoccupations ; mais il est bien rare que les paroles prononcées avec un ton d'affirmation, par
une personne qui a de l'autorité, ne teignent pas de
leur couleur l'esprit de celui qui les écoute. Après
les compliments d'usage, « Signorina, dit-il, je
« viens jouer le rôle du diable ; je viens mettre en
« doute ce que dans votre requête vous avez don-
« né pour certain ; je viens vous mettre devant
« les yeux les difficultés, et m'assurer si vous les
« avez bien considérées. Permettez-moi de vous
« faire quelques questions.

« — Parlez, répondit Gertrude. »

Le bon prêtre commença alors à l'interroger
dans la forme prescrite par les règlements : « Sen-
« tez-vous dans votre cœur la résolution bien libre,
« bien spontanée, de vous faire religieuse ? N'a-

« t-on pas employé les menaces ou la séduction?
« N'a-t-on usé d'aucune autorité pour vous y dé-
« terminer? Parlez sans crainte et avec sincérité
« à un homme dont le devoir est de connaître
« vos vraies intentions, pour empêcher qu'il ne
« vous soit fait violence en aucune manière..»

La vraie réponse à une telle question se pré-
senta aussitôt à l'esprit de Gertrude avec une terrible évidence. Mais pour la donner il fallait en
venir à une explication, dire de quoi on l'avait
menacée, raconter une histoire..... L'infortunée
recula effrayée devant cette idée, et elle courut
aussitôt chercher toute autre réponse, celle qui
la tirerait le mieux et le plus promptement de
cette pénible situation. « Je me fais religieuse, »
dit-elle en cachant son trouble; « je me fais re-
« ligieuse de mon propre gré, librement.

« — Depuis quel temps vous est venue cette
« pensée? » demanda encore le bon prêtre.

« — Je l'ai toujours eue., » répondit Gertrude,
devenue depuis ce premier pas plus hardie à mentir contre elle-même.

« — Mais quel est le motif principal qui vous
« porte à vous faire religieuse? »

Le bon prêtre ne savait pas quelle terrible
corde il touchait; et Gertrude se fit un grand
effort pour ne pas laisser percer sur son visage
l'effet que ces paroles produisaient sur son esprit.
« Le motif, dit-elle, c'est de servir Dieu et de
« fuir les dangers du monde.

« — Ne serait-ce pas quelque dégoût? quel-

« que....., veuillez m'excuser......, quelque ca-
« price ? Souvent une cause momentanée peut
« faire une impression telle qu'elle semble devoir
« être éternelle; et quand ensuite cette cause
« vient à disparaître, et que le cœur change,
« alors....

« — Non, non, répondit précipitamment Ger-
« trude ; il n'y a pas d'autre cause que celle que
« je vous ai dite. »

Le vicaire, plutôt pour remplir jusqu'au bout
son devoir que par opinion que la chose fût nécessaire, continua son enquête ; mais Gertrude
était décidée à le tromper. Outre la honte qu'elle
éprouvait à la seule pensée de confier le secret
de sa faiblesse à ce grave et digne prêtre, qui paraissait si loin de soupçonner une telle chose
d'elle, l'infortunée pensait aussi qu'il pouvait
bien l'empêcher d'être religieuse, mais que c'é-
tait là le terme de son autorité sur elle et de sa
protection. Parti qu'il serait, elle resterait seule
avec le prince ; et ce qu'elle aurait ensuite à souffrir dans la maison, le bon prêtre n'en saurait
rien ; ou, s'il le savait, avec la meilleure intention du monde, il ne pourrait tout au plus que la
plaindre. L'examinateur fut las d'interroger avant
que Gertrude le fût de mentir. Voyant que ses
réponses étaient toujours conformes, et n'ayant
aucune raison d'en soupçonner la franchise, il
changea à la fin de langage, et dit ce qu'il croyait
de plus propre à la confirmer dans sa bonne résolution ; puis, après l'en avoir félicitée, il prit

congé d'elle. En traversant les appartements pour
sortir, il rencontra le prince, qui semblait passer
là par hasard ; et il ne manqua pas de se féliciter avec lui des bonnes dispositions où il avait
trouvé sa fille. Le prince avait été jusque alors
dans une incertitude mortelle : à cette nouvelle
il respira ; et, oubliant sa gravité accoutumée, il
alla presque en courant vers Gertrude, la com-
bla d'éloges, de caresses et de promesses, avec
l'accent d'une joie cordiale, d'une tendresse en
grande partie sincère. Ainsi est faite cette bizarre
énigme du cœur humain.

Nous ne suivrons pas Gertrude dans ce tourbillon continuel de spectacles et de divertisse-
ments ; nous ne décrirons pas non plus en particulier et par ordre les sentiments de son cœur
dans cet espace de temps : ce serait une histoire
de douleurs et d'agitations trop monotone et trop
semblable à ce que nous avons dit. Le charme
des sites, la variété des objets, ce plaisir de courir en plein air, lui rendaient encore plus odieuse
l'idée du lieu où elle devait entrer pour la dernière fois, pour toujours. Plus poignantes encore
étaient les impressions qu'elle recevait dans les
réunions et les fêtes de la ville. La vue de chaque
femme à laquelle on donnait le nom d'épouse,
dans le sens le plus ordinaire et le plus usité,
lui causait une jalousie, un déchirement insup-
portable ; et parfois aussi la vue de quelques
autres personnages lui faisait croire que s'entendre donner ce titre était le comble de la féli-

cité. D'autres fois la pompe des palais, la splendeur des ameublements, le bourdonnement et le bruit de fête des assemblées, lui communiquaient une ivresse, une ardeur telle de vivre dans les joies du monde, qu'elle se promettait à elle-même de se dédire, de tout souffrir plutôt que de retourner à l'ombre froide et morte du cloître. Mais toutes ces résolutions s'évanouissaient à la considération plus calme des difficultés, à un seul regard jeté sur le visage du prince. Quelquefois aussi l'idée qu'elle devait abandonner pour toujours ces jouissances lui rendait amère et pénible la courte épreuve qu'elle en faisait, comme le malade altéré regarde avec haine et repousse presque avec dédain la cuillerée d'eau que le médecin accorde à grand'peine à ses instances. Cependant le vicaire des religieuses avait donné l'attestation nécessaire, et la licence de tenir le chapitre pour l'acceptation de Gertrude était arrivée. Le chapitre se tint; les deux tiers des votes secrets, qui étaient exigés par les règlements, s'accordèrent, comme on devait s'y attendre, et Gertrude fut acceptée. Elle-même, fatiguée de ce long martyre, demanda alors d'entrer au plus vite au couvent. Il n'y avait certes personne qui se voulût opposer à un tel empressement. On fit donc selon ses désirs, et, conduite en grande pompe au monastère, elle y prit l'habit. Après douze mois de noviciat pleins de regrets et de repentirs, vint le moment de la profession, c'est-à-dire le moment où il fallait pro-

noncer un *Non* plus étrange, plus inattendu
plus scandaleux que jamais, ou bien répéter u
Oui, déjà dit tant de fois : elle le répéta, et fu
religieuse pour toujours.

C'est un des singuliers et incommunicable
priviléges de la religion chrétienne de pouvoi
donner une direction salutaire et un asyle d
paix à toute âme qui, en quelque circonstan
et par quelque motif que ce soit, a recours
elle. S'il y a un remède, elle l'indique, le fourni
prête des lumières et de la force pour l'appli
quer à quelque prix que ce soit; s'il n'y en
pas, elle donne le moyen de pratiquer réelle
ment et en effet ce que l'homme dit en pr
verbe, de faire de nécessité vertu. Ce qu'on
entrepris par légèreté, elle enseigne à le cont
nuer avec sagesse; elle plie doucement l'âme a
joug que la force lui a imposé, et donne à u
choix qui fut téméraire, mais qui est irrév
cable, toute la sainteté, toute la maturité, d
sons-le même franchement, toutes les joies
la vocation. C'est une route tellement faite, qu'
sortir d'un labyrinthe ou d'un précipice, l'hou
me qui se la rappelle et s'y engage peut doréné
vant cheminer en sûreté et sans effort, et arr
ver doucement à une heureuse fin. Par ce moye
Gertrude aurait pu être une religieuse sainte
contente, de quelque façon qu'elle le fût de
venue. Mais l'infortunée se débattait vainemei
sous le joug, et elle n'en sentait que plus fort
ment le poids et l'étreinte. Un regret éternel

la liberté perdue, l'horreur de son état présent,
la douloureuse poursuite de mille désirs qui ne
seraient jamais satisfaits, telles étaient les prin-
cipales occupations de son âme. Elle revenait
sans cesse sur ce passé si amer; elle repassait
dans sa mémoire toutes les circonstances par lesquelles elle avait été conduite au point où elle
était, et défaisait mille fois inutilement par la pensée ce qu'elle avait fait; elle s'accusait de lâcheté,
elle accusait les autres de tyrannie et de perfidie,
et rongeait son frein. Elle idolâtrait à la fois et
pleurait sa beauté, gémissait sur sa jeunesse destinée à se consumer en un lent martyre, et en de
certains moments elle enviait le sort de la première femme venue, fût-elle de la plus basse condition, de la plus mauvaise renommée, pourvu
qu'elle pût librement jouir dans ce monde de
ces dons.

La vue des religieuses qui avaient contribué
à la faire entrer au couvent lui était odieuse.
Elle se rappelait les artifices et les ruses qu'elles
avaient mis en œuvre, et elle les payait d'autant d'impolitesses, de caprices, et quelquefois
même de reproches ouverts. Leur rôle était le
plus souvent de n'y pas prendre garde et de se
taire: car le prince avait bien voulu tyranniser
sa fille autant qu'il était nécessaire pour la forcer
au cloître; mais, parvenu à son but, il n'aurait
pas souffert aussi facilement que d'autres préten-
dissent avoir raison contre son sang. Le moindre
petit bruit qu'elle eût fait risquait de leur faire

perdre cette grande protection, ou même de
changer leur protecteur en ennemi.

Il semblerait qu'elle eût dû éprouver un certain penchant pour les autres sœurs qui n'a-
vaient pas mis la main à cette sale intrigue, et
qui, sans l'avoir désirée pour compagne, l'ai-
maient comme telle; pieuses filles, toujours
occupées et joyeuses, qui lui montraient par
leur exemple comment, même en ce lieu, on
pouvait non seulement vivre, mais encore trouver quelque plaisir. Mais celles-là lui étaien
odieuses pour un autre motif. Leurs dehors de
piété et de contentement étaient à ses yeux un
reproche de son humeur inquiète et de ses manières; et elle ne laissait jamais échapper l'occasion de les traiter par-derrière de bigotes, e
de les railler comme autant d'hypocrites. Peut-
être aurait-elle eu moins d'aversion pour elles
si elle avait su ou deviné que c'était par elle
qu'avaient été mises le peu de boules noires qu
s'étaient trouvées dans l'urne où son acceptation
avait été décidée.

Quelquefois il lui semblait trouver quelque
consolations à jouir du commandement, à s
voir courtisée au-dedans et visitée avec flatteri
par quelques personnes du dehors, à faire réussi
quelque affaire, à donner sa protection, à s'en
tendre appeler *la signora*. Mais quelles consolations! Le cœur, qui sentait leur insuffisance, au
rait voulu de temps en temps y joindre les con
solations de la religion, pour se créer un doubl

appui; mais celles-là ne viennent que lorsqu'on ne court pas après les autres, comme le naufragé, pour saisir la planche qui le peut conduire sain et sauf au rivage, doit auparavant ouvrir la main et lâcher les algues et les racines qu'il avait embrassées par un instinct dont il n'a pas été maître.

Peu après sa profession, Gertrude avait été désignée pour maîtresse des pensionnaires. Je laisse à penser comme devaient se trouver ces jeunes filles sous une telle discipline! Ses anciennes compagnes étaient toutes sorties; mais elle gardait toutes les passions de ce temps, et, d'une manière ou d'autre, les pauvres élèves en devaient sentir le poids. Quand il lui venait à la pensée que plusieurs d'entre elles étaient destinées à ce genre de vie dont elle avait perdu toute espérance, elle ressentait contre ces innocentes une haine, un presque-désir de vengeance; elle les tenait dans une dépendance absolue, les rudoyait, et leur faisait expier par anticipation les plaisirs qu'elles devaient goûter un jour. A voir, dans ces moments d'humeur, la rigueur qu'elle mettait à reprendre la plus légère petite faute, on l'aurait prise pour une femme d'une austérité sauvage et exagérée. En d'autres instants, la même horreur pour le cloître, pour la règle, pour l'obéissance, éclatait en des accès d'humeur tout opposés. Alors, non seulement elle supportait la turbulence bruyante de ses jeunes disciples; mais elle prenait plaisir à l'exciter; elle se mêlait à

leurs jeux et les rendait encore plus désordonnés ;
elle prenait part à leurs propos, pour les faire
aller bien au-delà de ce qu'elles avaient eu l'intention de dire en commençant. Si quelqu'une
d'entre elles se permettait un mot sur le babil de
la mère abbesse, la maîtresse se mettait à suivre
longuement l'exemple, et elle en faisait une scène
de comédie ; elle contrefaisait la mine d'une religieuse, le maintien d'une autre : elle riait alors
comme une folle, mais c'étaient des éclats qui
ne duraient guère. Elle avait ainsi vécu quelques
années, n'ayant ni le moyen ni l'occasion de faire
plus, quand son malheur voulut qu'une occasion
se présentât.

Parmi les autres priviléges et les distinctions
qu'on lui avait accordés pour la dédommager
de ne pouvoir pas être encore abbesse était celui de loger dans un quartier à part. Cette partie du monastère touchait à une maison habitée
par un jeune homme, scélérat de profession, un
de ceux, si nombreux à cette époque, qui, avec
leur troupe de bandits et l'alliance d'autres scélérats, se pouvaient moquer, jusques à un certain point, des lois et de la force publique. Notre
manuscrit le nomme Egidio, sans plus. Celui-ci,
d'une lucarne qui donnait sur une petite cour
de ce quartier, avait vu quelquefois Gertrude aller et venir par désœuvrement. Excité plutôt que
détourné par le danger et l'impiété de l'entreprise, il osa un jour lui adresser la parole. La
malheureuse répondit.

Au premier moment elle éprouva un contentement qui n'était pas bien pur sans doute, mais très vif. Dans le vide nonchalant de son âme était venue se placer une occupation forte, continue, et comme une puissance de vie toute nouvelle; mais ce contentement ressemblait au breuvage fortifiant que la cruauté ingénieuse des anciens versait au condamné pour lui donner la force de supporter le martyre. Alors aussi quelque chose d'entièrement nouveau se fit remarquer dans toutes ses manières. Elle devint tout à coup plus régulière, plus paisible; elle ne donna plus cours à ses emportements ni à ses plaintes; elle se montra même prévenante et affectueuse, si bien que les sœurs se réjouissaient à l'envi de cet heureux changement. Elles étaient bien loin d'en soupçonner le vrai motif, et d'imaginer que cette vertu nouvelle n'était autre chose que l'hypocrisie ajoutée à ses anciens vices. Toutefois ces beaux semblants, ce brillant vernis, ne durèrent pas long-temps, du moins d'une manière égale et soutenue. Elle retourna bientôt à ses dédains et ses caprices accoutumés; elle fit entendre de nouveau ses imprécations et ses amères railleries contre la prison du cloître, exprimées quelquefois dans un langage étrange et inaccoutumé dans un tel lieu et dans une telle bouche. Cependant, chaque fois qu'elle s'oubliait, elle en ressentait du repentir; elle avait grand soin de chercher à réparer sa faute à force de prévenances. Les sœurs supportaient du mieux qu'elles pouvaient toutes ces alternatives, et elles les attribuaient au naturel léger et fantasque de la *signora*.

Pendant quelque temps il ne parut pas qu'aucune d'entre elles s'avisât de quelque chose; mais un jour que la signora se prit de paroles avec une sœur converse pour je ne sais quelles bagatelles, elle se laissa aller jusqu'à l'injurier sans relâche ni mesure. La sœur converse endura quelque temps ses emportements et rongea son frein en silence; mais la patience finit par lui échapper; elle dit qu'elle savait quelque chose, et qu'à son tour elle pourrait parler. Dès ce moment la signora n'eut plus de repos. Mais, peu de temps après, un beau matin, on attendit en vain la sœur converse à ses devoirs accoutumés. On court la chercher dans sa cellule, on ne l'y trouve pas; on l'appelle à haute voix, personne ne répond; on se met en quête, on cherche, on furète ici, là, en haut, en bas, de là cave au grenier : personne nulle part. Dieu sait les conjectures qu'on aurait faites, si, en cherchant de tous côtés, on n'avait pas découvert un grand trou à la muraille du jardin, ce qui fit présumer qu'elle s'était enfuie par là. On expédia des courriers sur toutes les routes pour courir après elle et la rattraper, on fit de grandes recherches au-dehors, et l'on n'en eut jamais la moindre nouvelle. Peut-être en aurait-on su davantage, si, au lieu de la chercher si loin, on eût creusé un peu la terre. Après beaucoup de marques d'étonnement, car personne ne l'aurait crue capable d'une telle cho-

se, après mille et mille raisonnements, on finit
par conclure qu'elle devait s'en être allée bien
loin, bien loin; et comme une des sœurs avait
dit sans hésiter, « Elle se sera réfugiée en Hol-
« lande, il n'y a pas le moindre doute, » on répéta et l'on tint désormais pour certain au couvent qu'elle s'était réfugiée en Hollande. Il ne
paraît pas toutefois que telle fût l'opinion de la
signora, non qu'elle en témoignât rien, et qu'elle
combattît l'opinion générale par des raisons particulières. Certes, si elle en avait de telles, jamais raisons ne furent tenues mieux cachées;
il n'y avait chose au monde dont elle s'abstînt
plus volontiers que de revenir sur cette histoire;
il n'y avait chose dont elle se souciât moins que
de toucher le fond de ce mystère. Mais, moins
elle en parlait, plus elle y pensait. Que de fois
le jour l'image de cette femme venait soudain
se présenter à son esprit, et s'y fixait sans en
vouloir sortir! Que de fois elle aurait souhaité
de la voir devant ses yeux, vivante et sous sa
vraie figure, plutôt que de la trouver toujours
établie dans sa pensée, plutôt que de passer les
jours et les nuits dans la compagnie de ce vain
fantôme si terrible, si impassible! Que de fois
elle aurait voulu entendre la véritable voix et
le babil de la malheureuse sœur, quand bien
même elle eût dû en être encore menacée, plutôt que d'entendre résonner au fond de son âme
le bruit fantastique de cette même voix, et ces
paroles, auxquelles elle ne pouvait pas répondre,

répétées avec une obstination, avec une opiniâtreté infatigables, que n'eut jamais un être vivant !

Un an environ s'était écoulé depuis cet événement, lorsque Lucia fut présentée à la signora,
et qu'elle eut avec elle l'entretien où s'est arrêté
notre récit. La signora multipliait les questions
sur les persécutions de don Rodrigo, et elle entrait dans certains détails avec une intrépidité
qui parut et qui devait paraître plus qu'étrange
à Lucia, qui n'avait jamais imaginé que la curiosité des religieuses pût s'exercer sur des sujets
semblables. Les jugements qu'elle mêlait à ses
questions, ou qu'elle laissait percer, n'étaient pas
moins singuliers. Elle semblait rire de la grande
frayeur que Lucia avait toujours eue de ce seigneur, et elle lui demandait s'il était bien laid,
s'il faisait réellement peur ; on voyait même
qu'elle eût trouvé sotte et déraisonnable la conduite de la jeune fille, si elle n'avait eu pour motif la préférence donnée à Renzo ; et, sur celui-
ci, elle lui adressait des questions qui lui faisaient
monter le rouge au visage. S'apercevant ensuite
que sa langue avait suivi trop étourdiment le
mouvement irréfléchi de sa tête, elle chercha à
revenir sur son bavardage et à le colorer de son
mieux ; mais tous ses efforts ne purent pas faire
qu'il ne restât à Lucia un étonnement et un sentiment confus de terreur. A peine put-elle se
trouver seule avec sa mère, qu'elle s'ouvrit à
elle ; mais Agnèse, en femme plus expérimen-

tée, dissipa d'un mot tous ses doutes, et éclair-
cit tout le mystère: « Il ne faut pas tant s'éton-
« ner, dit-elle : quand tu connaîtras le monde
« comme moi, tu verras que ce ne sont pas là
« des choses dont on puisse être surpris. Les *si-*
« *gnori,* qui plus, qui moins, qui pour une chose,
« qui pour une autre, ont tous un grain de fo-
« lie. Il faut les laisser dire, surtout quand on a
« besoin d'eux ; faire semblant de les écouter sé-
« rieusement, comme s'ils disaient des choses
« fort justes. As-tu vu comme elle m'a coupé la
« parole, ni plus ni moins que si j'avais dit quel-
« que grosse sottise ? Je n'ai pas eu l'air de m'en
« étonner. Ils sont tous ainsi faits. Néanmoins ;
« que le Ciel soit loué : car elle semble t'avoir
« prise en amitié, et vouloir vraiment nous pro-
« téger. Et puis, si tu te tires d'embarras, ma
« chère fille, et s'il t'arrive jamais d'avoir affaire
« avec des *signori,* tu en verras, tu en en verras,
« tu en verras. »

Le désir de rendre le père gardien son obligé,
l'idée de la bonne réputation que lui pouvait
faire une protection si pieusement accordée, un
certain penchant pour Lucia, et même la satisfaction qu'on éprouve à faire du bien à une créa-
ture innocente, à secourir et consoler les oppri-
més, avaient réellement disposé la signora à
prendre à cœur le sort des deux pauvres fugiti-
ves. Sur les ordres qu'elle donna, et sur l'empressement qu'elle fit voir, elles furent logées
dans le quartier de l'économe, contigu au cloî-

tre, comme si elles eussent été attachées au service du couvent. La mère et la fille se réjouissaient ensemble d'avoir trouvé si vite un asyle
sûr et révéré. Elles eussent bien souhaité aussi
de rester ignorées de tout le monde ; mais la chose
n'était pas facile dans un couvent. Cela leur im-
portait d'autant plus qu'il y avait un homme
bien décidé à savoir ce que l'une d'elles était devenue, et dans l'âme de qui la rage d'avoir été
prévenu et joué se joignait à la passion qui l'a-
nimait d'abord. Nous allons laisser nos deux
femmes dans leur asyle, et retourner dans son
château, au moment où il y attendait l'issue de
sa criminelle entreprise.

CHAPITRE XI.

Comme une meute de limiers, après avoir en
vain suivi un lièvre à la trace, retourne découra-
gée vers son maître, la queue serrée et portant bas
l'oreille, de même dans cette nuit d'alarme les
bravi retournaient au château de don Rodrigo.
Celui-ci se promenait en long et en large, au milieu des ténèbres, dans un vaste appartement inhabité de l'étage supérieur, qui donnait sur l'esplanade. De temps en temps il s'arrêtait pour
prêter l'oreille, pour regarder à travers les fentes des poteaux entr'ouverts, plein d'impatience
et non pas sans inquiétude non seulement pour
l'incertitude de la réussite, mais encore pour
les conséquences possibles, car c'était la plus
forte et la plus hardie des entreprises auxquelles
ce vaillant homme eût encore mis la main. Il
s'allait pourtant rassurant à l'idée des précautions qu'il avait prises pour qu'il n'en restât aucun indice. « Quant aux soupçons, je m'en mo-
« que. Je voudrais un peu savoir quel drôle
« osera venir ici pour s'assurer s'il y a ou s'il n'y

5.

« a pas une jeune personne. Qu'il vienne, qu'il
« vienne cet imbécille : il sera bien reçu. Sera-ce
« le frère ? qu'il vienne. La vieille ? qu'elle aille
« à Bergame. La justice ? bah ! la justice ! Le
« podestat n'est pas du tout un enfant ni un fou.
« Et à Milan ? Qui se soucie de ces gens-ci à Mi-
« lan ? qui leur prêterait l'oreille ? qui sait qu'ils
« sont ici ? Ce sont comme des gens perdus sur
« la terre ; ils n'ont pas même un patron ; ce sont
« des gens de rien. Allons, allons, point de
« frayeur. Quelle mine fera demain matin Atti-
« lio ! Il verra, il verra si je suis un homme à
« sornettes et à vanteries. Et puis...., s'il surve-
« nait jamais quelque embarras...., que sais-je,
« moi ? quelque ennemi qui voulût saisir cette
« occasion....; Attilio aussi me saura conseiller :
« il y va de l'honneur de toute la parenté. »
Mais l'idée sur laquelle il s'arrêtait le plus,
parce qu'il y trouvait en même temps un calme
pour ses doutes et une pâture à sa passion princi-
pale, c'était la pensée des leurres, des promesses qu'il emploierait pour endormir Lucia.
« Elle aura tant de peur de se trouver ici seule,
« au milieu de ces gens-ci, de ces figures, que....
« (il n'y a que moi ici qui aie figure humaine),
« par Bacchus...., elle sera forcée de revenir à
« moi, de me supplier, et si elle supplie.... »
Pendant qu'il fait ces beaux comptes, il entend un bruit de pas, il va à la fenêtre, il ouvre
un peu, présente la tête : ce sont eux. « Et la
« litière ? diable ! où est la litière ? Trois, cinq,

« huit : ils y sont tous ; Griso y est aussi. La li-
« tière n'y est pas ! Diable ! diable ! Griso m'en
« rendra compte. »

Quand ils furent entrés, Griso déposa dans
un coin d'une salle du rez-de-chaussée son bourdon, son grand chapeau et son sarreau ; et
comme il avait une responsabilité qu'en ce moment personne ne lui enviait, il monta pour
faire son rapport à don Rodrigo. Celui-ci l'attendait au haut de l'escalier ; et, l'ayant vu paraître avec cet air sot et niais d'un coquin
trompé, « Eh bien ! » lui dit-il, ou plutôt lui
cria-t-il, « seigneur bravache, seigneur capi-
« taine, seigneur *laissez-moi faire !*

« — Il est dur, » répondit Griso en restant
avec un pied sur la première marche ; « il est
« dur de recevoir des reproches après avoir tra-
« vaillé fidèlement, cherché à faire son devoir,
« et risqué même sa peau.

« — Comment cela est-il allé ? Nous verrons, »
dit don Rodrigo, et il s'achemina vers sa chambre, où Griso le suivit, et fit aussitôt la relation
de ce qu'il avait disposé, fait, vu ou non vu,
entendu, craint, réparé, et il la fit avec cet
ordre et cette confusion, avec cette inexactitude
et cet étourdissement qui devaient nécessairement régner ensemble dans ses idées.

« Tu n'as aucun tort, et tu t'es bien conduit,
« dit don Rodrigo ; tu as fait ce que tu as pu
« faire. Mais..., mais, que sous ce toit il y ait
« un espion ! S'il y est, si je parviens jamais à

« le découvrir, et nous le découvrirons, s'il y est,
« je t'assure, Griso, que je le garde pour les
« jours de fête.

« — Un tel soupçon, seigneur, m'est aussi
« passé par la tête; et s'il se vérifiait, si l'on ve-
« nait à découvrir un tel coquin, vous n'avez
« qu'à le mettre entre mes mains. Un drôle qui
« se serait donné le plaisir de me faire passer
« une nuit comme celle-ci! c'est à moi qu'il ap-
« partiendrait de le lui faire payer. Cependant
« j'ai emporté de tout ceci l'idée qu'il devait y
« avoir quelque autre intrigue que pour l'heure
« on ne saurait deviner. Demain, seigneur, de-
« main on tirera cela au clair.

« — Vous n'avez pas été reconnu au moins. »
Griso répondit qu'il espérait que non, et la
conclusion de cet entretien fut que don Rodrigo
lui ordonna trois choses auxquelles il aurait pensé
de son chef. Il lui ordonna d'expédier de très
grand matin deux hommes vers le consul pour
lui intimer l'avis que nous avons vu lui intimer;
deux autres à la masure abandonnée pour rôder
autour, en tenir loin tout oisif qui s'y dirigerait,
et soustraire la litière à tous les regards jusqu'à
la nuit prochaine, où on l'enverrait prendre,
car pour le moment il ne fallait pas bouger, de
peur d'exciter le soupçon. Il lui ordonna enfin
d'aller à la découverte, et d'en envoyer quelques
uns des plus éveillés et des plus adroits pour savoir quelque chose du motif et de l'issue de tout
le désordre de cette nuit. Là-dessus don Ro-

drigo alla dormir et il y laissa aller aussi Griso, qu'il congédia en le comblant de louanges à travers lesquelles perçait évidemment l'intention de ranimer son courage, et en quelque sorte de lui faire des excuses pour les reproches hasardés dont il l'avait accueilli.

Va dormir, pauvre Griso, car tu en dois avoir besoin. Pauvre Griso! en affaires tout le jour, en affaires au milieu de la nuit, sans compter le danger de tomber entre les mains des paysans, ou de s'attirer une bonne récompense pour le *rapt d'une femme honnête,* ajoutée à celles que tu as déjà sur le dos; et puis être ainsi reçu! Hélas! c'est ainsi que les hommes paient souvent les bons services. Tu as dû pourtant te convaincre en cette occasion que quelquefois on sait reconnaître le mérite, et que les comptes se règlent aussi dans ce bas-monde. Va dormir pour le moment: un jour viendra où tu auras peut-être à donner une autre preuve de ton dévouement, et bien plus remarquable que celle-ci.

Au matin, Griso était déjà de nouveau en affaire quand don Rodrigo se leva. Celui-ci chercha aussitôt le comte Attilio, qui, en le voyant paraître, prit un air et un ton de raillerie, et lui cria: «La Saint-Martin!

«— Je ne sais que dire,» répondit don Rodrigo en s'approchant de lui; «je paierai le « pari. Mais ce n'est pas là ce qui me chagrine. « Je ne vous ai rien dit, parce que, je l'avoue,

« je projetais de vous donner une petite surprise
« ce matin. Mais...., baste, maintenant je vous
« dirai tout.

« — Le frère a mis la main à cette affaire, »
dit le cousin après avoir tout entendu avec un
silence, un étonnement, et beaucoup plus de
gravité qu'on n'en devait attendre d'un tel écer-
velé. « Ce frère, poursuivit-il, avec sa pate de
« velours, son langage mesuré, je le tiens pour
« un coquin et pour un hypocrite. Et vous n'a-
« vez pas voulu vous fier à moi ; vous ne m'avez
« jamais dit bien nettement ce qu'il vous est
« venu barbouiller l'autre jour. » Don Rodrigo rapporta l'entretien. « Et vous avez souf-
« fert tout cela ! s'écria le comte Attilio ; et
« vous l'avez laissé s'en aller comme il était
« venu !

« — Vouliez-vous que je m'attirasse sur les
« bras tous les capucins d'Italie ?

« — Je ne sais, dit le comte Attilio, si dans
« un tel moment je me serais souvenu qu'il y
« eût au monde d'autres capucins que ce témé-
« raire coquin. Mais, en suivant les règles les plus
« strictes de la prudence, est-ce que l'on manque
« de moyens de tirer satisfaction même d'un ca-
« pucin ? Il suffit de savoir redoubler d'égards
« pour tout le corps, et alors on peut impuné-
« ment donner une petite bastonnade à un mem-
« bre. Suffit ; il a échappé au châtiment qu'il
« méritait si bien ; mais je le prends sous ma
« protection, et je veux avoir le plaisir de lui

« apprendre comment on parle à des gens tels
« que nous.

 « — Ne gâtez pas mes affaires.

 « — Rapportez-vous-en une fois à moi. Je vous
« servirai en parent et en ami.

 « — Que comptez-vous faire ?

 « — Je ne le sais pas encore; mais assurément
« je servirai le frère, je le servirai. J'y penserai,
« et... le seigneur comte mon oncle, du conseil
« secret, est l'homme qui me pourra rendre ce
« service. Ce cher seigneur mon oncle! que je
« m'amuse quand je peux faire travailler pour
« moi un diplomate de ce calibre! Après-demain
« je serai à Milan, et d'une manière ou d'autre,
« le frère sera servi.... »

 Là-dessus vint le déjeuner, qui n'interrompit
pas l'entretien sur une affaire de cette importance. Le comte Attilio en parlait à cœur ouvert;
et bien qu'il y prît cette part que réclamaient
son amitié pour son cousin et l'honneur de leur
nom, toutefois de temps en temps il ne pouvait
s'empêcher de rire un peu de la mésaventure de
son parent et de son ami. Mais don Rodrigo, qui
discutait sa propre affaire, et qui, en songeant
à frapper un grand coup, l'avait manqué avec
éclat, était agité de passions plus sérieuses, et
distrait par des pensées plus inquiètes. « Ces
« drôles-là feront des caquets à n'en plus finir
« là-dessus, disait-il. Mais que m'importe? Quant
« à la justice, je m'en moque. Il n'y a pas de
« preuves; et quand il y en aurait, je m'en mo-

« querais également. J'ai fait avertir ce matin
« le consul qu'il se gardât bien de faire sa dépo-
« sition sur cet événement. Il n'en serait rien
« résulté de fâcheux pour moi ; mais ces babils
« me fatiguent quand ils durent trop long-temps :
« c'est déjà bien assez que j'aie été si amèrement
« joué !

« — Vous avez très bien fait, répondait le
« comte Attilio. Votre podestat..., votre brutal,
« votre buse, votre grand ennuyeux de podes-
« tat..., est au fond un galant homme, un
« homme qui connaît son devoir ; et quand on
« a affaire à de telles personnes, il faut veiller
« avec beaucoup de soin à ne les pas mettre dans
« l'embarras. Si un imbécille de consul fait un
« rapport, le podestat, quelque bien intentionné
« qu'il soit, est obligé de....

« — Mais vous, interrompit don Rodrigo avec
« un peu de colère, vous gâtez mes affaires, avec
« votre rage de le contredire en tout, de lui
« couper la parole, de le railler même dans
« l'occasion. Que diable ! pourquoi un podestat
« n'aurait-il pas la licence d'être un sot et un
« obstiné, lorsqu'au demeurant, il est galant
« homme ?

« — Savez-vous, cousin, » dit le comte Attilio,
en lui jetant un regard d'étonnement moqueur ;
« savez-vous que je commence à croire que vous
« avez tant soit peu peur ? Vous prenez au sé-
« rieux même le podestat.....

« — Allons, allons, n'avez - vous pas dit

« vous-même qu'il fallait tenir compte.......?

« — Je vous l'ai dit; et lorsqu'il s'agit d'une
« affaire sérieuse, je vous prouverai que je ne
« suis pas un enfant. Savez-vous ce que je suis
« capable de faire pour vous? Je suis homme à
« aller en personne rendre visite au seigneur po-
« destat. Eh! sera-t-il satisfait de l'honneur! Et
« je suis homme à le laisser parler une demi-
« heure du comte-duc et de notre seigneur châ-
« telain espagnol, et de lui donner raison en
« tout, quand bien même il dirait les choses les
« plus extravagantes du monde. Je toucherai
« ensuite quelques mots du comte mon oncle, du
« conseil secret; et vous savez quel effet font ces
« mots à l'oreille du seigneur podestat. A la fin
« des fins, il a plus besoin de notre protection
« que vous n'en avez de sa condescendance. Je
« ferai tout bien, j'y irai, et je vous le laisserai
« mieux disposé que jamais. »

Après ces mots et quelques autres semblables,
le comte Attilio sortit pour aller à la chasse,
et don Rodrigo resta plein d'anxiété à attendre
le retour de Griso. Celui-ci vint enfin vers
l'heure du dîner pour faire son rapport.

Le désordre de la nuit avait été si bruyant, la
disparition de trois personnes d'un petit village
était un si grand événement, que les recherches,
soit intérêt, soit curiosité, devaient naturellement être nombreuses, vives et obstinées. D'autre part, il y avait trop de monde instruit de
quelques particularités pour que tous s'accordas-

sent à se taire. Perpetua ne pouvait pas mettre
le nez à la porte qu'elle ne fût assaillie par
chacun, pour qu'elle dît qui avait été faire cette
grande peur à son maître ; et Perpetua, en re-
passant et en combinant dans sa tête toutes les
circonstances, en voyant combien elle avait été
jouée par Agnese, ressentait tant de courroux
de cette perfidie, qu'elle avait, à vrai dire, besoin de se soulager un peu. Bien qu'elle allât se
lamenter avec le tiers et le quart sur les moyens
qu'on avait pris pour jouer au fin avec elle, elle
ne soufflait pas sur ce point ; mais elle ne pouvait
passer entièrement sous silence le tour joué à son
pauvre maître, et surtout qu'un tour semblable
eût été concerté et hasardé par cette innocente,
par ce bon jeune homme, par cette excellente
veuve. Don Abbondio pouvait bien lui ordonner
résolument et la prier par amour de se taire ;
elle pouvait bien lui répéter qu'il n'était pas besoin de lui recommander une chose si claire et si
naturelle. Il est certain qu'un si grand secret
était dans le cœur de la pauvre femme comme
dans un tonneau vieux et mal cerclé est un vin
tout nouveau qu'on vient de boucher : il travaille, fermente, rebout, et s'il n'envoie pas le
bondon en l'air, il travaille tout autour, en sort
en écume, s'échappe à travers les douves, coule
çà et là goutte à goutte, si bien que l'on en peut
boire, et dire à un jour près son âge. Gervaso,
qui croyait rêver, de se voir une fois mieux in-
formé que les autres ; Gervaso, qui ne tenait

pas à petit honneur d'avoir eu une si grande peur, et qui, pour avoir coopéré à une action qu'il savait être blâmable, croyait être devenu un homme comme les autres, mourait d'envie de s'en vanter. Et quoique Tonio, qui songeait sérieusement aux recherches et aux procès possibles et au compte qu'il en faudrait rendre, lui fît bien sa leçon en lui mettant le poing sous le nez, il ne put pas toutefois lui faire mourir toutes les paroles dans la bouche. Au reste, Tonio lui-même, après avoir été absent cette nuit de sa maison à une heure indue, en retournant chez lui d'un pas et avec un visage extraordinaires, avec une agitation d'esprit qui le disposait à la sincérité, ne put pas taire le fait à sa femme, et celle-ci n'était pas muette. Celui qui parla le moins, ce fut Menico, parce qu'à peine eut-il raconté à ses parents l'histoire et l'objet de son expédition, que ceux-ci furent si alarmés de voir leur enfant s'être mêlé, pour la gâter, d'une affaire de don Rodrigo, que c'est à peine, à peine s'ils le laissèrent achever son récit. Ils lui ordonnèrent ensuite, en le menaçant, de se bien garder d'en rien dire, et le lendemain matin, ne se croyant pas bien encore en sûreté, ils résolurent de le tenir renfermé à la maison pour ce jour-là et pour quelques autres. Mais quoi! eux-mêmes ensuite, en jasant avec les gens du village, et sans vouloir montrer qu'ils en savaient plus que les autres, quand on venait à ce point obscur de la fuite de

nos trois infortunés, et au comment, et au
pourquoi, et au lieu où ils avaient pu aller,
eux-mêmes ajoutaient, comme une chose connue, qu'ils s'étaient réfugiés à Pescarenico. C'est
ainsi que cette circonstance entra aussi dans le
discours général.

Avec tous ces brins de notices mis ensuite
ensemble et unis comme on a coutume de le
faire, et avec la bordure que l'on applique naturellement lorsque l'on coud, il y avait de quoi
faire une histoire d'une vérité et d'une clarté
plus qu'ordinaire, et dont l'esprit le plus critique
aurait dû être satisfait. Mais cette invasion des
bravi, accident trop grave et trop bruyant pour
être négligé, et dont personne n'avait une connaissance un peu positive; cet accident était surtout ce qui rendait l'histoire obscure et embrouillée. On murmurait le nom de don Rodrigo,
sur ce point tout le monde était d'accord; quant
au reste, tout était obscurité et dissentiment. On
parlait beaucoup des deux bravaches qui avaient
été vus dans la rue à l'entrée de la nuit, et de
celui qui était à la porte de l'hôtellerie; mais
quelle lumière pouvait-on tirer de ce fait si iso-
lé? On demandait bien à l'hôte qui avait été
chez lui le soir précédent; mais l'hôte ne se
souvenait pas même s'il avait vu du monde ce
soir-là, et il finissait toujours par dire que son
auberge était comme un port de mer. Ce qui
brouillait les têtes et dérangeait les conjectures,
c'était surtout ce pèlerin vu par Stefano et par

Carlandréa, ce pèlerin que les brigands voulaient tuer et qui était parti avec eux, ou qu'ils avaient emmené au loin. Qu'était-il venu faire ? C'était l'âme d'un homme de bien qui était revenue pour secourir les deux femmes ; c'était une mauvaise âme, l'âme d'un scélérat, d'un imposteur de pèlerin, qui revenait toujours la nuit pour s'unir à ceux qui faisaient de ces choses qu'il avait faites quand il vivait ; c'était un pèlerin vivant et réel, que les *bravi* avaient voulu tuer parce qu'il se disposait à éveiller tout le village ; c'était (voyez un peu ce qu'on va penser !) c'était un de ces coquins déguisé en pèlerin ; c'était ceci, c'était cela ; c'était tant de choses que toute la sagacité et toute l'expérience de Griso n'auraient pas suffi pour apprendre ce que c'était, si Griso avait dû apprendre cette partie de l'histoire dans les propos d'autrui. Mais, comme le sait le lecteur, ce qui la rendait si embrouillée pour les autres était précisément ce qu'il y avait de plus clair pour lui. A l'aide de quelques interprétations pour les faits qu'il avait recueillis par lui-même ou par ses espions en sous-ordre, il parvint à en faire pour don Rodrigo une relation passablement claire. Il s'enferma aussitôt avec lui, lui fit part de la démarche tentée par les deux malheureux fiancés, circonstance qui expliquait tout naturellement comment la maison s'était trouvée vide, et pourquoi l'on avait sonné le tocsin sans qu'il fût nécessaire de supposer des traîtres (au dire de ces deux honnêtes gens) dans la maison.

Il lui fit part de la fuite, et il était facile aussi d'y
trouver une raison : la frayeur des deux fiancés
surpris en faute, ou quelque avis de l'invasion,
reçu quand elle avait été découverte ; et tout le
village en mouvement. Il finit par dire qu'ils s'é-
taient réfugiés à Pescarenico : sa science n'allait
pas plus loin. Don Rodrigo fut content d'être
sûr que personne ne l'avait trahi, et de voir
qu'il ne restait aucune trace de ce qu'il avait fait;
mais ce ne fut qu'une faible et rapide satisfaction.
« Ils ont pris la fuite ensemble ! cria-t-il ; en-
« semble ! Et ce scélérat de frère ! ce frère ! »
Les mots ne s'échappaient qu'avec peine de sa
bouche; il grinçait des dents : tout son aspect
était hideux comme les passions qui l'animaient.
« Ce frère me le paiera. Griso........., je ne sais
« plus où j'en suis..... Je veux savoir...., je veux
« trouver........ Ce soir même je veux savoir où
« ils sont : je n'aurai pas de repos jusque là. A
« Pescarenico sur-le-champ, pour savoir, pour
« voir, pour trouver......... Quatre *scudi* à l'in-
« stant même, et ma protection pour toujours.
« Ce soir je le veux savoir. Et ce scélérat....: ! et
« ce frère ! »

Voilà Griso de nouveau en campagne ; et le
soir même il put donner à son maître l'éclaircissement tant désiré. Voici par quel moyen.

Un des plus grands bonheurs de cette vie, c'est
l'amitié ; et l'un des bonheurs de l'amitié, c'est
d'avoir à qui confier un secret. Or les amis ne sont
pas divisés en couples, comme les époux; chacun,

généralement parlant, en a plus d'un ; et cela
forme une chaîne dont personne ne peut trouver
le bout. Alors donc qu'un ami se procure le plaisir de déposer un secret dans le sein d'un autre,
il donne à celui-ci l'envie de se procurer à son
tour le même plaisir. Il le prie, il est vrai, de
n'en rien dire à personne ; et, qui prendrait une
telle condition dans le sens rigoureux du mot,
couperait immédiatement le cours des bonheurs.
Mais l'usage a voulu qu'il s'obligeât seulement à
ne confier le secret qu'à un ami également sûr,
et lui imposant la même condition. Ainsi,
d'ami sûr en ami sûr, le secret roule et roule
par cette immense chaîne, si bien qu'il arrive
aux oreilles de celui ou de celle à qui le premier
qui a parlé n'aurait jamais voulu qu'il arrivât. Il
aurait pourtant à rester long-temps en route, si
chacun n'avait que deux amis : celui à qui on
le confie, et celui à qui on le répète, sous la
condition qu'il se taira. Mais il y a de ces hommes privilégiés qui le racontent à une centaine ;
et quand le secret parvient jusqu'à un de ces
hommes, les tours deviennent si rapides et si
multipliés qu'il n'est plus possible de les retenir.
Notre auteur n'a jamais pu savoir par combien
de bouches avait passé le secret que Griso avait
ordre de découvrir. Ce qu'il y a de certain, c'est
que le digne homme qui avait conduit nos deux
femmes à Monza, en retournant sur le soir à
Pescarenico avec son chariot, s'arrêta, avant
d'arriver chez lui, chez un ami intime à qui il

raconta en confidence la bonne œuvre qu'il avait
faite, et ce qui s'ensuit ; et ce qu'il a de certain,
c'est que Griso put, deux heures après, courir
au château pour rapporter à don Rodrigo que
Lucia et sa mère s'étaient réfugiées dans un couvent de Monza, et que Renzo avait continué sa
route jusqu'à Milan.

Don Rodrigo éprouva une joie criminelle de
cette séparation, et sentit renaître au fond du
cœur la criminelle espérance d'arriver à ses fins.
Il rêva au moyen une bonne partie de la nuit,
et il se leva de grand matin, avec deux projets,
l'un arrêté, l'autre ébauché. Le premier, c'était
d'expédier aussitôt Griso à Monza pour avoir des
renseignements sur Lucia, et savoir s'il y avait
moyen de tenter quelque chose. Il fit donc appeler aussitôt son fidèle serviteur, il lui mit quatre
scudi dans la main, le loua de nouveau de l'habileté avec laquelle il les avait gagnés, et lui
donna l'ordre qu'il avait arrêté.

« Seigneur...., » dit Griso en hésitant.

« — Qu'est-ce ? N'ai-je pas parlé clairement ?

« — Si vous y pouviez envoyer quelqu'un au-
« tre ?.....

« — Comment ?

« — Illustrissime seigneur, je suis prêt à ris-
« quer ma peau pour mon maître : c'est mon
« devoir ; mais je sais aussi qu'il ne veut pas trop
« hasarder la vie de ses sujets.

« — Eh bien ?

« — Votre seigneurie illustrissime sait bien les

« sentences que j'ai sur le corps. Et....... ici je
« suis sous la protection de votre seigneurie ; nous
« sommes une bande ; le seigneur podestat est
« l'ami de la maison ; les sbires me portent res-
« pect, et moi aussi......: c'est une chose qui fait
« peu d'honneur, j'en conviens ; mais, pour vi-
« vre tranquille......., je les traite en amis. A
« Milan, la livrée de votre seigneurie est con-
« nue ; mais à Monza, c'est moi au contraire qui
« suis connu. Et votre seigneurie sait-elle (je
« ne le dis pas pour me vanter) que celui qui
« me pourrait remettre aux mains de la justice,
« ou lui porter ma tête, ferait un beau coup ? Il
« aurait cent beaux écus bien empilés, et la fa-
« culté de délivrer deux bannis.

« — Que diable ! dit don Rodrigo. Tu me fais
« l'effet d'un chien de cour qui a à peine le cou-
« rage de s'attaquer aux jambes de ceux qui pas-
« sent devant la porte, en regardant derrière lui
« si les gens de la maison sont prêts à le soutenir,
« et ne se hasarde jamais à s'en éloigner de qua-
« tre pas.

« — Seigneur patron, je crois avoir donné des
« preuves......

« — Eh bien donc !

« — Eh bien donc ! » reprit hardiment Griso,
ainsi pris au mot ; « eh bien donc ! que votre sei-
« gneurie prenne que je n'ai rien dit. Cœur de
« lion, jambes de lièvre, je suis prêt à partir.

« — Et je n'ai jamais dit que tu irais seul.
« Prends avec toi une couple des meilleurs......

« Sfregiato et Tira-Dritto, et va sans peur, et
« sois toujours Griso! Que diable! qui veux-tu
« qui ne soit content de laisser passer trois figu-
« res comme les vôtres qui cheminent tranquil-
« lement? Il faudrait que les sbires de Monza
« eussent pris la vie en dégoût pour jouer à un
« jeu aussi hasardeux au prix de cent *scudi*. Et
« puis, et puis, je ne crois pas être tellement
« inconnu là-bas qu'on ne tienne pour rien l'a-
« vantage d'être à mon service. »

Après avoir ainsi piqué Griso d'honneur, il
lui donna des instructions plus amples et plus
détaillées. Griso prit ses deux compagnons et
partit d'un air joyeux et décidé, mais en pestant
au fond du cœur contre Monza, et les sentences,
et les femmes, et les caprices du patron. Il cheminait comme un loup qui, poussé par la faim,
amaigri par un long jeûne, dont les côtes per-
cent à travers son poil fauve, descend de ses
montagnes couvertes de neige, s'avance avec
précaution dans la plaine, s'arrête à chaque pas,
une jambe en arrêt, et agitant sa queue pelée,

Leva il muso odorando il vento infido*.

pour voir si le vent lui porte une odeur d'homme
ou de fer, dresse ses oreilles fines, et roule deux

---

* Lève le museau, en interrogeant le vent trompeur.
On va voir que ce vers est tiré d'un poème inédit de M.
Manzoni.

yeux sanglants où respirent à la fois l'ardeur de la
proie et la terreur de la chasse. Au reste, si l'on
veut savoir où a été pris ce beau vers, il est tiré
d'une diablerie inédite sur les croisades et les
Lombards, qui bientôt ne le sera plus et fera un
bruit d'enfer. Je l'ai pris parce qu'il venait à
propos, et j'ai cru devoir dire d'où je l'avais
tiré, pour qu'on ne m'accusât pas de me parer du
bien d'autrui. Que personne n'aille penser pourtant que ce soit un détour que je prends pour annoncer que l'auteur de cette diablerie et moi
nous sommes comme frères, et que je puise à
mon gré dans ses manuscrits.

L'autre machination de don Rodrigo roulait
sur le moyen d'empêcher que Renzo, maintenant séparé de Lucia, ne retournât auprès d'elle,
et ne mît le pied dans le pays. Il songeait à répandre des bruits de menaces et d'embûches,
qui, en lui parvenant par un ami, pussent lui
ôter le désir de retourner de ce côté. Il estimait
pourtant que le plus sûr serait de trouver un
moyen pour le faire bannir de l'état; et pour
réussir dans cette entreprise, il sentait que la
justice pourrait beaucoup mieux le servir que la
violence. On pourrait, par exemple, présenter
sous de noires couleurs la tentative qu'il avait
faite dans la maison du curé, la dépeindre comme une agression, un acte séditieux, et, avec l'aide
du docteur, faire entendre au podestat que c'é-
tait un cas assez grave pour lâcher contre Renzo
une bonne prise de corps. Mais l'homme qui

délibérait sur ce point sentit bientôt que ce n'é-
tait pas à lui de remuer cette sale affaire; et,
sans se rompre plus long-temps la tête, il résolut
de s'en ouvrir au docteur Azzecca-Garbugli,
autant qu'il en fallait pour lui faire comprendre
son désir. « Il y a tant d'ordonnances! pensait
« don Rodrigo ; et le docteur n'est pas un oison.
« Il saura trouver quelque chose qui aille à mon
« cas, quelque grabuge à chercher à ce drôle :
« autrement je le débaptise *. » Mais voyez
pourtant comme vont quelquefois les affaires de
ce monde! Tandis qu'il pense au docteur comme
à l'homme le plus habile qui le puisse servir en
cette occurrence, un autre homme, un homme
dont personne ne se douterait, Renzo lui-
même, puisqu'il le faut dire, travaillait de toute
son âme à le servir d'une manière bien plus sûre
et bien plus expéditive que toutes celles que le
docteur aurait jamais pu imaginer.

J'ai vu souvent un charmant enfant, beaucoup trop vif, à vrai dire, mais qui dans tout ce
qu'il fait promet d'être un jour un homme ac-
compli, je l'ai vu souvent, dis-je, tout occupé
vers le soir à faire rentrer au gîte son troupeau
de cochons d'Inde qu'il avait laissés s'écarter le
jour dans un petit jardin. Il aurait voulu les
faire rentrer tous en même temps; mais il se

* On sait que Azzecca-Garbugli signifie cherche-gra-
buge.

fatiguait en pure perte : l'un allait à droite, et
pendant que le petit pâtre courait pour le ramener au troupeau, un autre, deux, trois en sortaient à gauche, de toute part ; si bien qu'après
s'être un peu impatienté, il se faisait à leurs
manières, poussait d'abord dedans ceux qui
étaient près de la porte, puis allait quérir les autres un à un, deux à deux, trois à trois, comme
ils étaient. Nous sommes forcé de jouer à un jeu
semblable avec nos personnages. Après avoir
conduit Lucia à son asyle, nous avons couru
vers don Rodrigo. Il faut maintenant que nous
le quittions, pour caser Renzo, qui s'offre à
nous.

Après la douloureuse séparation que nous
avons racontée, il s'achemina de Monza vers
Milan dans une situation d'esprit que chacun se
peut aisément figurer. S'éloigner de sa maison,
bien plus, de son pays, bien plus encore, de
Lucia! se trouver sur une grand'route sans savoir où il irait reposer sa tête, et tout cela à
cause de ce scélérat! Quand cette image s'offrait
à l'imagination de Renzo, il était bouffi de rage
et tout entier à la soif de la vengeance. Mais il
se souvenait alors de la prière qu'il avait faite
avec le bon frère à l'église de Pescarenico, et il
s'amendait. Il entrait de nouveau en fureur;
mais, en voyant une image peinte sur le mur, il
tirait son chapeau et s'arrêtait un moment pour
prier de nouveau; si bien que dans ce voyage il
tua en son cœur et ressuscita don Rodrigo au

moins vingt fois. La route était alors ensevelie entre deux hautes rives, fangeuse, pleine de cailloux, sillonnée d'ornières profondes, qui, après une pluie, se changeaient en ruisseaux; toute inondée, véritable bourbier, et presque impraticable quand les ornières n'offraient pas à l'eau un lit assez vaste. A ces passages, un petit sentier escarpé en guise d'escalier, sur les bords, indiquait que les autres piétons s'étaient frayé une route à travers champs. Renzo, étant monté par une de ces ouvertures sur un terrain plus élevé, regarda devant lui : il vit cette immense masse de la cathédrale, isolée sur la place comme si elle s'élevait, non du sein d'une ville, mais d'un désert; il oublia un moment tous ses chagrins, et se mit à contempler de loin cette huitième merveille dont il avait tant ouï parler depuis son enfance. Mais quelques moments après il regarda derrière lui : il vit à l'horizon ce long amas de cîmes inégales; il vit son *Resegone*, si reconnaissable et si élevé ; il sentit tout son sang se troubler, il s'arrêta quelque temps et regarda tristement de ce côté, puis il poursuivit sa route plus tristement encore. Peu à peu il commença à découvrir les clochers, les tours, les coupoles et les toits; il s'aperçut qu'il était bien près de la ville; il accosta un passant, et, s'inclinant avec toute la politesse dont il était capable, il lui dit : « Je vous présente mes civi-
« lités, monsieur.

« —Que voulez-vous, brave jeune homme?

« — Pourriez-vous m'enseigner le chemin le
« plus court pour me rendre au couvent des
« capucins où est le père Bonaventura ? »

L'individu à qui Renzo s'adressait était un
riche habitant des environs, qui, étant allé ce ma-
tin-là à Milan pour affaires, en revenait, sans
avoir rien fait, en grande hâte, craignant d'arriver trop tard chez lui, et qui se serait fort
bien passé de s'arrêter. Néanmoins, sans donner
aucune marque d'impatience, il répondit avec
beaucoup de douceur : « Mon enfant, il y a plus
« d'un couvent; il faudrait me pouvoir dire plus
« clairement lequel et qui vous cherchez. » Renzo
tira de son estomac la lettre du père Cristoforo,
et la montra à ce monsieur, qui, ayant lu
porte Orientale, la lui remit en disant : « Vous
« êtes heureux, mon brave jeune homme; le
« couvent que vous cherchez n'est pas loin d'ici.
« Prenez ce petit sentier à gauche : c'est le plus
« court; vous vous trouverez bientôt au coin
« d'un édifice long et bas : c'est le lazaret. Côtoyez
« le fossé qui l'entoure, et vous arriverez à la
« porte Orientale. Entrez, et au bout de trois
« ou quatre cents pas vous verrez s'ouvrir devant
« vous une petite place avec de beaux ormeaux.
« C'est là qu'est le couvent : il est impossible de
« s'y tromper. Que Dieu soit avec vous, brave
« jeune homme. » Et en accompagnant ces derniers mots d'un geste amical, il partit. Renzo
resta stupéfait et édifié de la politesse des cita-
dins envers les villageois : il ne savait pas que

c'était un jour extraordinaire, un jour où les capes s'humiliaient devant les pourpoints. *

Il suivit la route qui lui avait été indiquée, et il se trouva à la porte Orientale. Il ne faut pourtant pas qu'à ce nom le lecteur laisse aller son esprit aux images qui y sont aujourd'hui associées : cette large rue, tirée au cordeau et bordée de peupliers ; cet immense passage entre deux édifices commencés avec beaucoup de prétention ; à l'entrée, ces deux allées latérales qui s'élèvent jusqu'à la hauteur des bastions, régulièrement inclinées, aplanies et bordées d'arbres ; d'une part ce jardin, et au-delà ces palais à droite et à gauche du grand chemin du faubourg. Quand Renzo entra par cette porte, la rue au-dehors courait en droite ligne toute la longueur du lazaret, puis elle se prolongeait étroite et tortueuse entre deux haies. La porte consistait en deux pilastres avec un auvent pour garantir les poteaux, et d'un côté une petite cabane pour les commis aux gabelles.

Les débouchés qui conduisaient aux bastions descendaient en pentes irrégulières, et le pavé n'offrait qu'une superficie âpre et inégale de débris et d'immondices jetés au hasard. Le chemin du faubourg, qui s'ouvrait devant le voyageur qui entrait par cette porte, ressemblait assez au chemin qui se présente maintenant à celui qui

---

* On dirait aujourd'hui les habits devant les vestes.

entre par la porte Tosa. Un petit fossé courait
au milieu jusques à peu de distance de la porte,
et la partageait ainsi en deux petites rues tor-
tueuses, couvertes de poussière ou de boue, selon
la saison. A l'endroit où était et où est encore ce
petit amas de maisons qu'on nomme le Borghet-
to, le fossé se jetait dans un grand égoût, et de
l'autre côté dans le fossé qui baigne le mur. Là
était une colonne surmontée d'une croix, qu'on
appelait la colonne de San-Dionigi (1). A droite
et à gauche étaient des jardins entourés de haies,
et d'intervalle en intervalle de petites chau-
mières habitées la plupart par des blanchis-
seuses.

Renzo entra, passa : aucun des gabelous ne lui
dit mot. Cela lui parut très étonnant, parce qu'il
avait entendu raconter au petit nombre des ha-
bitants de son village qui se pouvaient vanter
d'avoir été à Milan mille choses incroyables des
recherches et des questions que l'on faisait à celui
qui arrivait avec un air étranger. La route était
tellement déserte, que, s'il n'avait pas entendu
un bourdonnement lointain qui annonçait un
grand mouvement, il aurait cru entrer dans une
ville abandonnée. En marchant devant lui, sans
savoir ce qu'il en devait penser, il vit sur le pavé
des traînées blanches, semblables à la neige;
mais ce n'en pouvait pas être, car la neige ne

* Saint-Denys.

tombe ordinairement ni en traînées, ni dans cett
saison. Il s'approche, il regarde, il touche, et il
voit que c'est de la farine. « Il doit y avoir une
« grande abondance à Milan, se dit-il, si l'on
« gaspille ainsi le bien de Dieu. On nous donnait
« pourtant à entendre qu'il y avait partout la
« disette. Voilà comment ils s'y prennent pour
« faire rester tranquilles les pauvres villageois. »
Mais, après avoir fait encore quelques pas, il arriva à la colonne, et il vit au pied quelque chose de
plus étrange. Il vit sur les marches du piédestal
certaines choses éparses qui n'étaient pas assurément des cailloux : car, si elles avaient été dans
la boutique d'un boulanger, on n'aurait pas hé-
sité un moment à leur donner le nom de pains.
Mais Renzo n'osait pas s'en fier aussi vite à ses
yeux, parceque, de par tous les diables, ce n'était
pas là la place du pain. « Voyons un peu ce que
« c'est que cela, » se dit-il encore. Il alla droit
vers la colonne, se baissa, en ramassa un : c'é-
tait en effet un pain rond, très blanc, de celui
que Renzo n'avait coutume de manger qu'aux
grands jours. « C'est vraiment du pain, » dit-il
à haute voix, tant sa surprise était grande. « C'est
« ainsi qu'ils le sèment dans ce pays cette année et
« ils ne daignent pas se baisser pour le ramasser
« quand il tombe! Il faut que ce pays soit le pays
« de Cocagne. » Après dix milles qu'il avait faites à l'air frais du matin, la vue de ce pain, le
premier étonnement passé, lui réveilla l'appétit.
« Le prendrai-je? Poh! Ils l'ont laissé là à la dis-

« crétion des chiens : autant vaut-il qu'un chré-
« tien en profite. Au bout du compte, si le maî-
« tre vient, je le lui paierai. » Tout en y pensant, il mit dans une poche celui qu'il tenait
déjà, il en prit un second et le mit dans l'autre,
un troisième, et il commença à manger ; puis il
se remit en route, plus incertain que jamais, et
désireux d'apprendre quelle histoire était cela.
Il vit aussitôt arriver du monde qui venait de
l'intérieur de la ville, et il observa attentivement
ceux qui paraissaient les premiers. C'était un
homme, une femme, et, un peu en arrière, un
petit garçon, tous trois avec une charge sur
le dos, qui semblait supérieure à leur force. Ils
avaient tous trois une figure étrange ; les vêtements ou plutôt les haillons enfarinés, le visage
ardent, enflammé, et couvert de farine, la démarche non seulement pénible à cause du fardeau, mais souffrante, comme si les membres
avaient été froissés et meurtris. L'homme portait
sur son cou un grand sac de farine percé çà et là,
et qui en laissait échapper des poignées à chaque
rencontre, à chaque faux pas. Mais la figure de
la femme était plus singulière encore : elle avait
un corps énorme, et deux bras tendus qui semblaient ne le soutenir qu'avec peine, et ressemblaient à deux anses recourbées qui iraient du
col au ventre d'une large cruche. De cet énorme corps sortaient deux jambes nues jusqu'au-
dessus du genou, qui s'avançaient en vacillant.
Renzo regarda fixement : il vit que ce vaste corps,

c'était le jupon que cette femme tenait relevé, et farci d'autant et même d'un peu plus de farine qu'il n'en pouvait contenir; il y en avait tant qu'à chaque instant elle s'envolait en poussière. Le petit garçon tenait des deux mains sur la tête une corbeille toute pleine de pains; mais comme il avait les jambes plus courtes que ses parents, il restait un peu en arrière; il doublait ensuite le pas à chaque instant pour les rejoindre; la corbeille perdait l'équilibre, et il en tombait quelques pains.

« Si tu en jettes encore un, grand pares-
« seux..., » dit la mère en montrant les dents au petit garçon.

« — Je ne les jette pas : ils tombent d'eux-mê-
« mes. Comment puis-je faire ?

« — Ih !.... il est heureux pour toi que j'aie les
« mains embarrassées, » répondit la femme en agitant le poing, comme si elle donnait une ta-loche au pauvre enfant; et ce mouvement fit voler un nuage de farine, de quoi faire beau-coup plus que les deux pains que le petit garçon avait laissés tomber.

« — Allons, allons, dit l'homme. Nous vien-
« drons les ramasser, ou quelqu'un les ramassera.
« Il y a si long-temps que nous manquons de tout;
« maintenant qu'il nous arrive un peu d'abon-
« dance, jouissons-en en sainte paix. »

Cependant il arrivait beaucoup de gens du dehors; et l'un de ceux-ci, s'approchant de la femme, « Où va-t-on prendre le pain ? » lui de-

manda-t-il. — « En avant, en avant, » répondit-
elle ; et, quand ils se furent éloignés de dix pas,
elle ajouta en grommelant : « Ces brigands de
« paysans viendront piller tous les fours et tous
« les magasins, et il ne restera plus rien pour
« nous.

« — Un peu pour chacun, criarde, dit le mari.
« Abondance ! abondance ! »

Renzo commença à conclure de ce qu'il voyait
et de ce qu'il entendait qu'il était arrivé dans
une ville insurgée, et que c'était un jour de con-
quête, c'est-à-dire que chacun prenait selon son
désir et sa force, en donnant des coups pour
paiement. Nous voudrions bien sincèrement faire
jouer un beau rôle à notre pauvre montagnard ;
mais la sincérité dont nous faisons profession nous
oblige à dire qu'il en éprouva d'abord du plaisir.
Il avait si peu à se louer de l'allure ordinaire des
choses, qu'il était porté à approuver ce qui les
changerait de manière ou d'autre. Au reste, notre jeune homme, qui n'était point du tout supérieur à son siècle, était dans cette opinion,
ou plutôt avec cette passion générale, que la rareté du pain était causée par les accapareurs et
les boulangers ; il inclinait volontiers à trouver
juste tout moyen de leur arracher des mains les
subsistances que ceux-ci, toujours selon cette
opinion, refusaient cruellement à la faim de tout
un peuple. Toutefois il se promit bien de ne pas
prendre part au désordre, et il se félicita d'être
recommandé à un capucin qui lui pourrait don-

ner un asyle et une bonne direction. En pensant
ainsi, et en regardant pourtant les nouveaux
conquérants qui apparaissaient chargés de dé-
pouilles, il franchit le court trajet qui lui restait
à faire pour arriver au couvent.

Là où s'élève aujourd'hui ce beau palais avec
cette haute galerie, était alors, et était encore
il n'y a pas bien long-temps, une petite place.
Au fond se trouvait le couvent des capucins, avec
quatre grands ormeaux devant. Nous félicitons,
non sans un peu de jalousie, ceux de nos lecteurs
qui n'ont pas vu les choses dans cet état : cela
signifie qu'ils sont très jeunes, et qu'ils n'ont pas
eu le temps de commettre beaucoup de sottises.
Renzo alla droit à la porte, mit dans son estomac
la moitié du pain qui lui restait, tira la lettre,
et fit sonner la sonnette. Aussitôt s'ouvrit un petit guichet qui avait une grille, et parut la
figure du frère portier, qui demanda ce qu'on
voulait.

« C'est quelqu'un du dehors, qui apporte au
« père Bonaventure une lettre pressée du père
« Cristoforo.

« — Donnez-la-moi, » dit le portier en pré-
sentant la main à la grille.

« — Non, non, dit Renzo : je la lui dois re-
« mettre en mains propres.

« — Il n'est pas au couvent.

« — Laissez-moi entrer, je l'attendrai.

« — Faites mieux, allez l'attendre à l'église ;
« en l'attendant vous pourrez faire un peu de

« bien. On n'entre pas au couvent pour le mo-
« ment. »

Cela dit, il referma le guichet. Renzo resta un
peu sot avec sa lettre. Il fit dix pas vers la porte
de l'église, pour suivre le conseil du portier;
mais il songea ensuite à aller donner un peu de
l'œil à tout ce tumulte. Il traversa la petite place,
se planta sur le bord de la rue, et, les bras croi-
sés sur la poitrine, il se mit à regarder à gauche
vers l'intérieur de la ville, où le tapage était le
plus fort et le plus bruyant. Le tourbillon en-
traîna le spectateur. « Allons voir cela, » pensa-
t-il. Il tira de nouveau son pain, et, le mordant
à belles dents, il se dirigea de ce côté. Tandis
qu'il chemine, nous aurons le temps de raconter
succinctement les motifs et le commencement de
ce désordre.

CHAPITRE XII.

C'était pour la seconde fois que la récolte manquait. L'année précédente, les provisions qui étaient restées des années antérieures y avaient suppléé tant bien que mal, et la population était arrivée à la moisson de l'an 1628, où nous nous trouvons avec notre histoire, non pas entièrement rassasiée ni affamée, mais dépourvue de ressources. Or cette moisson si désirée fut encore plus faible que la précédente, un peu à cause de la constance de la mauvaise saison (et cela non seulement dans le Milanais, mais dans une bonne partie des pays circonvoisins), un peu par le fait des hommes. Les dégâts et les gaspillages de la guerre étaient tels, que dans la partie de l'état la plus voisine du lieu qui en était le théâtre un grand nombre de propriétés restaient plus que de coutume en friche et désertées par les paysans, qui, au lieu de procurer du pain par leur travail à eux-mêmes et aux autres, étaient contraints de l'aller mendier pour l'amour de Dieu. J'ai dit, plus que de coutume, parce que les charges énormes qu'on imposait avec une avi-

dité et un aveuglement sans exemple ; la conduite
habituelle, même en pleine paix, des troupes sé-
dentaires, conduite que les tristes documents de
cette époque comparaient à celle d'une armée
d'invasion ; d'autres raisons que ce n'est point ici
le lieu d'énumérer, opéraient lentement et déjà
depuis long-temps ce triste effet dans le Milanais.
Les circonstances particulières dont nous par-
lions tantôt étaient comme l'irritation subite
d'une maladie chronique. A peine eut-on achevé
la moisson ; que les provisions pour l'année et le
gaspillage qui les suivent toujours y firent une
telle brèche, que la disette, et avec elle ce fâcheux mais salutaire comme inévitable effet, la
cherté, se firent bientôt sentir.

Mais quand la cherté arrive à un certain point,
il vient toujours à naître (ou du moins il est né
jusqu'à nos jours, et si cela dure encore après les
nombreux écrits de tant d'habiles gens, jugez ce
que ce devait être alors) ! il vient à naître dans
l'esprit du plus grand nombre l'opinion qu'elle
n'est point causée par la rareté des denrées. On
se souvient de l'avoir redoutée, de l'avoir pré-
dite ; on suppose aussitôt qu'il y a suffisamment
de grains, et que le mal vient seulement de ce
qu'on n'en met pas assez en vente pour la con-
sommation : suppositions qui sont tout-à-fait hors
de raison, mais qui trompent pour un temps les
colères et les espérances. Les accapareurs de
grains, réels ou imaginaires, les propriétaires
qui ne vendaient pas toute leur récolte en un

jour, les boulangers qui en achetaient ; tous ceux enfin qui en avaient peu ou beaucoup, ou passaient pour en avoir, ceux-là passaient pour les auteurs de la pénurie et de la cherté des denrées. C'est contre eux qu'éclataient des plaintes universelles ; ils étaient l'abomination de la multitude bien et mal vêtue. On disait, à ne pas se tromper d'un point, où étaient les magasins, les greniers comblés, regorgeant de grains, croulant sous le poids des sacs ; on indiquait le nombre des sacs, un nombre immense ; on parlait avec certitude de l'énorme quantité de blé qu'on expédiait pour les autres pays ; et là, on criait, toujours avec la même assurance et avec la même colère, que le blé de ce pays venait à Milan. On implorait des magistrats ces mesures qui paraissent toujours, ou du moins ont paru jusqu'ici à la multitude, si justes, si simples, si propres à faire sortir le grain caché, muré, enterré, à ce qu'on disait, et à ramener l'abondance. Les magistrats en faisaient toutefois quelque chose, comme par exemple de fixer le maximum de chaque denrée, de porter des peines contre ceux qui refusaient de vendre, et autres mesures de ce genre. Mais cependant, comme les précautions humaines, quelque efficaces qu'elles soient, n'ont pas la vertu de diminuer le besoin qu'on a de nourriture, ni de faire pousser la moisson hors de saison, et comme ceux qui exerçaient le pouvoir n'avaient assurément pas celui de faire venir du blé des lieux où il pouvait y en avoir de trop, le mal durait toujours et allait en empirant. La multitude attribuait cet effet au défaut et à la faiblesse des remèdes, et elle en sollicitait à grands cris de plus vigoureux et de plus décisifs. Elle trouva, pour ses péchés, un homme selon son cœur.

En l'absence du gouverneur don Gonzalo Fernandez de Cordoue, qui campait à Casale de Montferrat, le grand-chancelier Antonio Ferrer, aussi Espagnol, le remplaçait à Milan. Celui-ci s'avisa (et qui ne s'en serait avisé?) que la modicité du prix du pain était une chose très désirable; et il pensa (voilà la sottise) qu'un ordre de sa main suffirait pour obtenir ce résultat. Il fixa la *meta* (c'est le nom qu'on donne à Milan aux tarifs en matière de comestibles), il fixa la *meta* du pain au prix que le pain aurait eu si le froment avait valu communément trente-trois livres le *moggio* (1), et il en valait jusqu'à quatre-vingts. Il agit comme une dame qui fut jeune, et qui croit se rajeunir en altérant son extrait de baptême.

Des ordres moins absurdes et moins injustes étaient restés plus d'une fois sans exécution, à cause de la résistance des choses mêmes; mais le peuple, qui voyait enfin ses désirs convertis en lois, et qui n'aurait pas souffert que cela passât en badinage, veillait à leur exécution. Il courut vite aux fours, en demandant du pain au prix

---

* Le boisseau.

taxé. Il en demanda avec l'air résolu et menaçant que donnent la passion, la force et la loi,
quand elles se trouvent toutes trois réunies. Si les
boulangers jetèrent les hauts cris, ne le demandez pas. Bluter la farine, travailler la pâte, en-
fourner et défourner sans relâche (car le peuple,
qui entrevoyait confusément que la chose était
arbitraire et violente, assiégeait les fours du matin au soir pour profiter de cette bonne fortune
passagère), se fatiguer, dis-je, et s'éreinter même, tout cela pour perdre, chacun voit quel
plaisir ce devait être. Mais, d'une part, les magistrats portaient des peines sévères; de l'autre,
le peuple s'impatientait, murmurait au moindre
retard que l'un d'eux mettait à le servir, et me-
naçait sourdement d'un de ses actes de justice,
qui sont les pires qui se fassent en ce bas monde.
Il n'y avait pas de milieu : il fallait pétrir, en-
fourner, défourner et vendre.

Toutefois, pour les forcer de durer à cette be-
sogne, il ne suffisait pas de ne point se relâcher
de la sévérité des ordres; il ne suffisait pas non
plus que ceux-ci en eussent grand'peur : il fallait encore qu'ils le pussent; et, pour peu que la
chose eût duré, ils ne l'auraient pas pu. Ils re-
montraient sans cesse combien la charge qu'on
leur imposait était injuste et au-dessus de leurs
forces; ils protestaient de vouloir jeter la pelle
dans le four et de s'en aller. En attendant, ils allaient de l'avant comme ils pouvaient, espérant
toujours qu'un jour ou l'autre le grand-chance-

lier ouvrirait enfin les yeux. Mais Antonio Ferrar, qui était ce qu'on appellerait aujourd'hui un homme de caractère, répondait que les boulangers avaient beaucoup et beaucoup gagné par le passé, qu'ils gagneraient encore beaucoup et beaucoup à l'avenir, quand les temps seraient meilleurs; qu'on verrait même, qu'on songerait à leur donner une indemnité; mais qu'en attendant ils allassent de l'avant. Etait-il vraiment convaincu le premier des raisons qu'il alléguait, ou, jugeant, par les effets, de l'impossibilité de maintenir cette mesure, voulait-il laisser à d'autres tout l'odieux de la révoquer? Qui pourrait se flatter maintenant de lire dans la pensée d'Antonio Ferrar? Ce qu'il y a de certain, c'est qu'on ne changea pas une ligne à ce qu'il avait établi. A la fin, les décurions (c'était une magistrature municipale composée de nobles, qui dura jusqu'à l'an 1796) informèrent par lettres le gouverneur de l'état des choses, en le priant de trouver quelque moyen qui les pût faire aller.

Don Gonzalo, enfoncé jusqu'au cou dans les affaires de la guerre, fit ce que le lecteur imagine assurément. Il nomma une junte à laquelle il conféra le pouvoir de fixer au pain un prix raisonnable : c'était une chose juste pour les deux partis. Les députés se réunirent, ou, comme on le disait dans le jargon diplomatique d'alors, emprunté aux Espagnols, s'assemblèrent en junte; et, après mille révérences, compliments, préambules, soupirs, réticences, propositions en l'air, tergiversations, entraînés tous vers une délibération dont ils sentaient tous la nécessité, assurés qu'ils jouaient à un jeu terrible, mais convaincus qu'on ne pouvait pas faire autrement, ils augmentèrent le prix du pain. Les boulangers respirèrent; mais le peuple entra en fureur.

Le soir qui précéda le jour où Renzo fit son entrée à Milan, les rues et les places publiques regorgeaient d'hommes qui, transportés d'une même indignation, mus par une même pensée, amis ou indifférents l'un à l'autre, se réunissaient en cercles, en attroupements, sans être d'abord de concert, presque sans s'en apercevoir, comme des gouttes d'eau qui se précipitent sur le même déclin. Chaque discours accroissait la passion et la persuasion des auditeurs comme de celui qui l'avait tenu. Au milieu de tant d'hommes exaltés il y en avait pourtant quelques uns de sang-froid qui observaient avec beaucoup de plaisir comment l'eau se troublerait; ils s'amusaient à la troubler de plus en plus avec ces raisonnements et avec ces nouvelles que les coquins savent trouver, que les esprits exaltés savent croire, et ils se proposaient de ne pas laisser reposer cette eau sans y faire un peu de pêche. Des milliers d'hommes se couchèrent avec l'idée confuse qu'il fallait faire, qu'on ferait quelque chose. Les rassemblements précédèrent le point du jour. Enfants, femmes, hommes, vieillards, ouvriers, mendiants, s'attroupaient au hasard. Ici c'était un mélange confus de mille voix; là quelqu'un pérorait, et les autres applaudissaient. Celui-ci faisait à son voisin la même demande qu'on lui venait de faire ; cet autre répétait l'exclamation qu'il avait entendue résonner à ses oreilles ; de toute part éclataient des plaintes, des menaces, des cris de surprise. Tant de discours ne roulaient que sur un petit nombre de mots.

Il ne manquait plus qu'un point d'appui, un acheminement, une impulsion légère, pour faire succéder les faits aux paroles, et cela ne tarda pas beaucoup. Au point du jour les garçons avaient coutume de sortir des boutiques des boulangers avec une hotte remplie de pains qu'ils allaient porter chez le châlands accoutumés. Le premier malavisé qui parut au milieu de cette assemblée fit l'effet d'un petard embrasé qui tombe dans une poudrière. « Voyez s'il n'y a pas « de pain ! crièrent cent voix en même temps.— « Oui, pour nos tyrans, qui nagent dans l'abon- « dance et nous veulent faire mourir de faim, » dit l'un. Il s'approche du jeune garçon, pose la main sur le bord de la hotte, la tire à lui et dit : « Laisse-moi voir. » Le jeune garçon rou- git, pâlit, tremble ; il voudrait dire : « Laissez- « moi passer mon chemin ; » mais la parole ex- pire dans sa bouche, il lâche les bras et cherche à se dégager en hâte des courroies. « En bas « cette hotte, » crie-t-on. Plusieurs s'en saisis- sent ; elle est par terre ; on jette en l'air le linge qui la couvre ; on se précipite, on se presse au-

tour. « Nous sommes chrétiens, nous aussi ; nous
« devons manger du pain, » dit le premier. Il
en prend un, le soulève en le montrant à la
troupe, et le mord à belles dents. Mains à la
hotte, pains en l'air ; en moins de temps qu'on
n'en mettrait à le dire, la hotte fut vidée. Ceux
qui n'avaient rien eu, irrités à la vue du gain
d'autrui, et animés par la facilité de l'entreprise,
se mirent à marcher en bande à la recherche
des autres hottes : autant de rencontrées, autant
de dévalisées. Il n'arrivait pourtant plus qu'on
fût obligé d'assaillir les porteurs : ceux qui se
trouvaient par malheur dans la rue, en voyant
quel vent soufflait, déposaient volontairement
leur fardeau et jouaient des jambes. Néanmoins
ceux qui restaient les dents longues étaient sans
comparaison les plus nombreux ; les conquérants
eux-mêmes n'étaient pas satisfaits d'une si petite proie ; et au milieu des uns et des autres se
trouvaient ceux qui avaient compté sur un désordre bien mieux conditionné. « Au four ! au
four ! » cria-t-on.

Dans la rue de la *Core'a dsi Servi* il y avait
un four, et il y en a encore un aujourd'hui qui
porte le même nom. Ce nom, qui en toscan signifie le four des Béquilles, est composé, en milanais, de mots si hétéroclites, si bizarres, si sau-
vages, que l'alphabet de la langue italienne n'a
pas de caractères pour en indiquer le son *.

* El prestin di scanse. (*Note de l'auteur*).

C'est là que s'abattit la foule. Les gens de la boutique étaient à interroger le garçon revenu sans son fardeau, qui, tout essoufflé et tout troublé, racontait en balbutiant sa triste aventure, quand tout à coup on entend une rumeur de peuple en mouvement; le bruit augmente et s'approche; on voit paraître l'avant-garde de la foule.

« Fermez, fermez vite. » L'un court demander du secours au capitaine de justice; les autres ferment en hâte la boutique et barricadent les portes. Le peuple commence à s'épaissir devant et à crier : « Du pain! du pain! ouvrez! ouvrez. »

Voilà que l'on voit arriver le capitaine de justice au milieu d'un piquet de halebardiers. « Place! place! mes enfants. Au logis! au logis! « Laissez passer le capitaine, » crie-t-il avec ses halebardiers. Le peuple, qui n'était pas encore nombreux, s'écarte un peu : ceux-ci purent arriver et se porter, bien serrés, sinon en bon ordre, devant la porte fermée de la boutique.

« Mais, mes enfants, criait le capitaine, que « faites-vous là! Retournez, retournez chez vous. « Où est donc la crainte de Dieu? Que dira le « roi notre seigneur? Nous ne voulons pas vous « faire de mal; mais retournez chez vous. Com- « portez-vous en braves gens! Que diable venez- « vous faire ainsi entassés les uns sur les autres? « Rien de bien ni pour votre âme ni pour votre « corps. Au logis! au logis! » Mais quand bien même ceux qui étaient assez près de l'orateur pour le voir et pour entendre ses paroles auraient

voulu obéir, ils ne l'auraient pas pu, poussés qu'ils
étaient et refoulés par ceux de derrière, que les
autres poussaient à leur tour, comme le flot
pousse le flot, de rang en rang, jusqu'à l'extrémité de la presse, qui allait toujours en crois-
sant. Le capitaine commença à éprouver de l'inquiétude. « Faites-les un peu reculer, que je
« puisse reprendre haleine, disait-il aux hale-
« bardiers; mais ne faites de mal à personne.
« Tâchons d'entrer dans la boutique; frappez;
« faitez-les rester en arrière.

« — En arrière! en arrière! » criaient les halebardiers en se portant tous ensemble contre les
premiers, et en les repoussant avec le manche
de leurs armes. Ceux-ci hurlaient, reculaient
comme ils pouvaient, donnant du dos dans la
poitrine, des coudes dans le ventre, des talons
sur la pointe des pieds à ceux qui étaient derrière. On se presse, on se serre, on se heurte,
tellement que ceux qui se trouvaient au milieu
auraient payé de bon cœur pour se trouver ailleurs. Cependant on a fait un peu de place devant la porte. Le capitaine heurte, heurte encore, crie qu'on lui vienne ouvrir. Les gens de
la maison l'aperçoivent des fenêtres; on descend en hâte, on ouvre. Le capitaine entre; il
appelle les halebardiers, qui entrent l'un après
l'autre, les derniers en contenant la foule avec
leurs armes. Quand ils y sont tous, on met le
cadenas; le capitaine monte en hâte, il paraît
à une fenêtre. « Juste ciel! quel tumulte!

« Mes enfants! » crie-t-il. Beaucoup regardent en l'air. « Mes enfants! retournez chez
« vous. Pardon général à qui retournera aussitôt
« chez soi.

« — Du pain! du pain! Ouvrez! ouvrez! »
telles étaient les mots les plus distincts au milieu des vociférations cruelles que la foule lui
envoyait en réponse.

« De la raison, mes enfants. Observez bien:
« vous y êtes encore à temps. Allons, retournez,
« retournez chez vous. Vous aurez du pain;
« mais ce n'est point là la manière. Éh!.... eh!
« que faites-vous là-bas? Eh! à cette porte!
« Oh! oh!.... je vois, je vois. Ayez de la rai-
« son! observez bien! c'est un grand crime que
« vous commettez. Je vais descendre mainte-
« nant. Eh! eh! laissez là ces fers. A bas ces
« mains. Oh!.... oh!...., vous autres Milanais,
« qui êtes renommés dans le monde entier
« pour la bonté! Ecoutez! écoutez! Vous
« avez toujours été de bons enf..... Ah! ca-
« naille! »

Ce rapide changement de style fut causé par
une pierre qui, sortie des mains d'un de ces
bons enfants, vint frapper le front du capitaine
sur la protubérance gauche de la profondeur
métaphysique. « Canaille! canaille! » conti-
nuait-il à crier en fermant en furie la fenêtre
et en se retirant. Mais bien qu'il eût crié de
toutes ses forces, ses discours, bons et mauvais,
s'étaient tous évanouis et perdus dans les airs,

étouffés par les cris qui venaient d'en-bas. Ce qu'il voyait, ce qu'il disait voir, c'était un grand travail de pierres et de fers (les premiers qu'on avait pu se procurer dans la rue) que l'on faisait à la porte et aux fenêtres pour briser les poteaux et enfoncer les ferrements, et déjà l'ouvrage était fort avancé.

Cependant les maîtres et les garçons de la boutique, qui étaient aux fenêtres des étages supérieurs avec une munition de pierres (ils avaient probablement dépavé une cour), faisaient des cris, des mines, des gestes à ceux d'en-bas pour qu'ils restassent tranquilles; ils montraient les pierres en menaçant de les lancer. Voyant que rien n'y faisait, ils commencèrent à les lancer en effet. Aucune ne tombait en vain : car l'entassement était tel qu'un grain de mil, comme on a coutume de dire, ne serait pas tombé à terre.

« Ah! coquins! ah! scélérats! C'est là le pain « que vous donnez aux pauvres gens! Aïe! aïe! « Oïe! oïe! Maintenant! maintenant! A nous! « à nous! » hurlait-on. Plus d'un fut mal arrangé; deux enfants restèrent sur la place. La fureur doubla les forces de la multitude; les poteaux, les ferrements furent arrachés, et le torrent pénétra par toutes les ouvertures. Ceux de la maison, voyant cette malheureuse issue, se réfugièrent en hâte dans le galetas. Le capitaine, les halebardiers et quelques uns de la maison restèrent tapis sous les tuiles; les autres, sortant par les lucarnes, erraient sur les toits à la manière des chats.

La vue du butin fit oublier aux vainqueurs leurs projets sanguinaires de vengeance. Ils se jettent sur les huches ; le pain est au pillage. Un autre au contraire se hâte d'enfoncer la serrure du comptoir, met la main sur la monnaie, il prend à poignées, empoche, et sort chargé de liards, pour retourner ensuite voler du pain, s'il en reste. La foule se répand dans les magasins intérieurs. On s'empare des sacs, on les traîne ; celui-ci en renverse un, il en délie l'ouverture, et, pour en faire une charge qu'il puisse porter, il jette une portion de la farine ; celui-là, en criant, « Attends, attends, » se met dessous pour recueillir avec ses habits ce que celui-ci gaspille ; un autre se jette sur une huche, et il fait un butin de pâte qui s'allonge et lui échappe de toute part ; un autre enfin, qui a conquis un bluteau, le porte soulevé en l'air ; qui va, qui vient, qui furète partout ; hommes, femmes, enfants, se poussent, s'entre-choquent ; une poussière blanche qui se pose partout et partout se soulève enveloppe et blanchit tout. Au-dehors c'est une presse composée de deux files en sens opposé qui se heurtent et se choquent à l'envi : ceux-ci, gorgés de butin, veulent sortir ; ceux-là veulent entrer pour piller à leur tour.

Pendant que ce four était ainsi dévasté, aucun autre de la ville n'était tranquille et à l'abri du danger. Mais la foule ne se porta devant au-

cun autre assez en nombre pour pouvoir tout
oser. Dans quelques uns les maîtres avaient appelé des auxiliaires, et se tenaient sur la défen-
sive. Ailleurs, moins forts en nombre ou plus
intimidés, ils en venaient en quelque sorte à
transiger; ils distribuaient du pain à ceux qui
avaient commencé à s'attrouper devant la boutique, sous la condition qu'ils s'en iraient. Et
ceux-ci s'en allaient, non pas tant parce qu'ils
étaient satisfaits de ce qu'ils avaient acquis que
parce que les halebardiers et les sbires, en se tenant loin de ce terrible four des Béquilles, paraissaient pourtant ailleurs en force suffisante pour
tenir en respect ces petites troupes de mutins.

Les choses en étaient là quand Renzo, en ache-
vant, comme nous l'avons dit, de manger son
pain, arrivait du faubourg de la porte Orientale, et s'acheminait, sans le savoir, justement
au point central du tumulte. Il allait tantôt
précipité, tantôt retardé par la foule; et en allant il guettait de l'oreille et de l'œil pour recueillir dans ce bourdonnement confus de discours quelque éclaircissement plus positif sur
l'état des choses. Et voici à peu près les mots
qu'il put recueillir dans tout ce voyage.

« Elle est maintenant découverte, disait l'un,
« l'infâme imposture de ces brigands, qui di-
« saient qu'il n'y avait ni pain, ni farine, ni
« blé. Maintenant on voit clairement la chose,
« et ils ne pourront plus nous en conter. Vive
« l'abondance!

« — Je vous dis, moi, que tout ceci ne mène
« à rien, disait un autre; c'est un trou dans
« l'eau; ce sera pire encore si l'on ne fait pas
« une bonne justice. Le pain sera à bon marché;
« mais on vous y mettra du poison pour faire
« mourir les pauvres gens comme des mouches.
« Ils disent déjà que nous sommes trop; ils l'ont
« dit à la junte, et je le sais pour sûr, car je
« l'ai entendu dire de mes propres oreilles à une
« de mes commères, qui est l'amie d'un parent
« d'un marmiton d'un de ces seigneurs.

« — Ce ne sont pas des choses à en rire, » disait un autre, la bouche écumante, en tenant
d'une main un chiffon de mouchoir sur ses cheveux épars et ensanglantés. Et un voisin, comme
pour le consoler, lui faisait écho.

« — Place, place, messieurs, je vous en prie.
« Laissez passer un pauvre père de famille qui
« porte à manger à cinq petits enfants, » disait
l'un d'entre eux, qui chancelait sous le poids d'un
grand sac de farine. Et chacun s'efforçait de se
retirer pour lui faire place.

« — Moi, » disait un autre presque à demi-
voix à son compagnon, « je me sauve. Je suis
« un homme du monde, et je sais comment vont
« ces sortes de choses. Ces braillards qui font
« aujourd'hui tant de tapage demain ou après
« se tiendront cois dans leur maison, tremblant
« de peur. J'ai déjà aperçu certains visages, cer-
« taines honnêtes gens qui rôdent en faisant le
« guet, et notent qui il y a et qui il n'y a pas.

« Quand tout est fini on consulte les notes, et à
« chacun son compte.

« — Celui qui protége les boulangers, » criait
une voix sonore qui attira l'attention de Renzo,
« c'est le vicaire de la Provision.

« — Ce sont tous des coquins, disait un voisin.

« — Oui, mais il en est le chef, répliquait le
« premier. »

Le vicaire de la Provision, nommé chaque
année par le gouvernement sur une liste de six
nobles dressée par le conseil des décurions, était
le président de ce conseil et du tribunal de Provision. Ce tribunal, composé de douze membres
nobles aussi, avait plusieurs attributions, mais
principalement celle des vivres. L'homme qui
occupait un tel poste devait nécessairement,
dans un temps de disette et d'ignorance, être
appelé l'auteur de tous les maux, à moins qu'il
n'eût fait ce que fit Ferrer; mais quand bien
même la chose aurait été dans ses idées, elle
n'aurait aucunement été en son pouvoir.

« Les scélérats! s'écriait un autre, peut-on
« faire quelque chose de pire? Ils sont allés jus-
« qu'à dire que le grand-chancelier était un vieux
« radoteur tombé dans l'enfance, pour lui ôter
« tout son crédit et commander eux seuls. Il
« faudrait les prendre tous, les jeter en prison, et
« les nourrir de vesce et d'ivraie, comme ils
« nous voulaient traiter.

« — Est-ce du pain cela? » disait l'un, qui
cherchait à s'en aller en hâte. « Est-ce du pain?

« Des quartiers de pierres d'u₁ livre ! des pier-
« res à ne pas tenir dans me₅ eux mains, qui
« pleuvaient comme de la gré ! J'ai les côtes
« écrasées ! Je ne vois pas le moyen de retour-
« ner chez moi. »

A travers ces propos, qui l'étourdissaient probablement plus qu'ils ne le mettaient au fait, à travers les poussées, Renzo arriva enfin devant le
four. La foule s'était déjà beaucoup éclaircie,
et il put contempler ces tristes et récentes ruines, les murs mis à nus et meurtris par les
pierres et les briques, les fenêtres arrachées des
gonds, la porte brisée.

« Ce n'est pas un fort beau trait, pensa Renzo.
« S'ils arrangent ainsi tous les fours, où veulent-
« ils que l'on fasse le pain ? Dans les puits ? »

De temps en temps sortaient de cette maison des
individus qui portaient un fragment de huche
ou de bluteau, un banc, une corbeille, un livre
de comptes, quelques débris du pauvre four, et
en criant : « Place, place, » passaient à travers
la foule. Tous ces gens-là s'acheminaient du
même côté et s'arrêtaient à un lieu convenu. Renzo
voulut voir quelle histoire était cela. Il se mit
derrière un de ces individus, qui, ayant fait un
faisceau de planches brisées et d'éclats de bois,
le mit sur ses épaules, et alla comme les autres
par la rue qui longe le côté septentrional de
la cathédrale et a pris son nom des degrés *

* La rue des *Scalini*.

7.

qui y étaient et qui depuis peu n'y sont plus.

Le désir de voir ce qui arriverait ne put faire que notre montagnard, arrivé en présence de cette grande masse, ne s'arrêtât pas un moment pour regarder en haut la bouche béante. Il doubla ensuite le pas pour rejoindre celui qu'il avait pris pour guide; il tourna le coin, donna aussi un coup-d'œil à la façade de la cathédrale, grossière encore en grande partie, et bien loin d'être achevée, et se tint constamment derrière celui qui se dirigeait vers le milieu de la place. Plus on avançait, plus la foule était épaisse; mais on faisait place au porteur. Il fendait les flots du peuple; et Renzo, s'insinuant dans le vide que celui-ci faisait, parvint avec lui au centre de la foule. Là était un grand espace vide, et au milieu un feu de joie, un monceau de braise, restes des ustensiles que nous avons dits ci-dessus. On battait des mains, on tapait des pieds; de toute part s'élevaient des imprécations et des cris de triomphe : c'était un tapage à tête fendre.

L'homme au fardeau le jette sur la braise; d'autres, avec un tronçon de pelle à demi consumé, l'éparpillent et l'attisent par-dessous et sur les côtés. La fumée s'élève et se condense, la flamme monte, et avec elle les cris s'élèvent plus forts encore : « Vive l'abondance! Mort aux af- « fameurs! Meure la disette! Crève la Provision! « Crève la junte! Vive l'abondance! Vive le pain! »

A vrai dire, la destruction des bluteaux et

des huches, le pillage des fours, la ruine et l'é-
pouvante des boulangers, ne sont pas les moyens
les plus efficaces pour faire vivre le pain; mais
c'est une de ces subtilités métaphysiques qui ne
viennent pas à l'esprit d'une multitude. Sans
être une tête trop métaphysique, Renzo, qui
ne partageait pas le délire général, faisait cette
réflexion. Il la garda prudemment pour lui,
parce qu'il n'y avait pas un de ces visages qui
ne semblât dire : « Frère, si j'ai tort, essaie de
me corriger, tu le paieras cher. »

La flamme s'éteignait de nouveau ; on ne
voyait plus venir personne avec d'autres com-
bustibles, et la troupe commençait à s'ennuyer,
quand le bruit se répand que l'on a mis le siége
devant un four au *Cordusio*. C'était une petite
place ou un carrefour peu distant de là. En de
telles conjonctures, l'annonce d'un fait suffit souvent pour qu'il arrive. Avec ce bruit court aussitôt
dans la foule le désir de se porter là. « J'y vais;
« y vas-tu? Allons, allons, » entendait-on de
tout côté. La foule s'échauffe, s'ébranle, se met
en marche. Renzo restait en arrière sans faire
presque aucun mouvement, si ce n'est quand il
était entraîné par le torrent; il tenait, en attendant, conseil en lui-même pour savoir s'il se devait tirer hors de ce bacchanal, et retourner au
couvent à la recherche du père Bonaventura,
ou aller voir encore cette autre affaire. La curiosité l'emporta. Toutefois il résolut de ne pas
se fourrer au gros de la mêlée et se faire briser

les os, ou risquer quelque chose de pire, mais de se tenir, comme il était, à observer de loin. Le parti pris, et déjà se trouvant un peu au large, il tira le second pain, et, l'ayant mordu, il se mit en route derrière l'armée tumultueuse.

Le peuple, en débouchant par un angle de la place, s'était déjà introduit dans la rue courte et étroite de *Pescheria-Vecchia*, et de là à la place des *Mercanti*. Il y en avait bien peu qui, en passant devant la niche qui coupe vers le milieu la galerie de l'édifice alors appelé le Collége des docteurs *, ne jetassent pas un coup-d'œil sur la grande statue qui l'occupait, sur cette figure sérieuse, hautaine, farouche, et je dis peu encore, de don Philippe II, qui même en marbre imposait un vague sentiment de respect, et semblait presque dire : « Je suis là, « marmaille. »

Cette niche est maintenant vide, par un accident singulier. Cent soixante ans environ après l'événement que nous racontons, on changea un beau jour la tête de la statue, on lui ôta des mains le sceptre qu'elle tenait, on y mit un poignard, et on lui donna le nom de Marcus Brutus. Ainsi métamorphosée, elle resta debout une ou deux années; mais un matin certains individus qui n'éprouvaient pas beaucoup de sympathie pour Marcus Brutus, qui même devaient avoir contre

* Il collegio di dottori.

lui une haine secrète, jetèrent une corde autour de la statue, la tirèrent en bas, lui firent cent injures; mutilée et réduite à un tronc informe, ils la traînèrent, non sans pousser des cris, par les rues, et quand ils furent bien las, ils la jetèrent je ne sais où. Qui l'eût dit à Andrea Biffi quand il la sculptait!

De la place des *Mercanti* la troupe bruyante se jeta et s'entassa dans la ruelle des *Fustagnai*, pour se répandre de là dans le *Cordusio*. Tout le monde en débouchant sur la place se tournait aussitôt pour regarder vers le four qui avait été indiqué. Mais, au lieu de la foule d'amis qu'ils s'attendaient à y trouver déjà en travail, ils virent seulement quelques individus qui se tenaient aux aguets, et en hésitant, à quelque distance de la boutique, qui était fermée, et aux fenêtres, des gens armés qui faisaient mine de se vouloir défendre au besoin. Ils se tournaient alors et s'arrêtaient pour en informer ceux qui arrivaient, afin de voir quel parti les autres voudraient prendre. Quelques uns retournaient sur leurs pas ou restaient en arrière. On demande et l'on reçoit des éclaircissements; chacun hésite, est incertain; un bourdonnement confus s'élève; on se consulte. Là-dessus un cri maudit sort du milieu de la foule: « La maison « du vicaire de la Provision est ici près: allons- « y nous faire justice, allons en faire le sac. » On eût dit alors que c'était comme un souvenir subit et général d'un accord déjà conclu,

plutôt que l'acceptation d'une proposition nouvelle. « Chez le vicaire! chez le vicaire! » c'est
le seul cri que l'on puisse entendre. La foule se
précipite en fureur vers la rue où était la maison qui venait d'être si malheureusement nommée.

CHAPITRE XIII.

Le malheureux vicaire venait à peine de prendre à contre-cœur un triste et modeste repas
avec un peu de pain rassis. Il attendait, incertain, inquiet, comment finirait cette bourrasque;
mais il était bien éloigné toutefois de soupçonner qu'elle dût venir fondre si terriblement sur
sa tête. Un officieux se hâta charitablement de
précéder la troupe, et entra dans la maison
pour donner avis du péril imminent qu'on y courait. Les domestiques, que le bruit avait déjà
attirés sur la porte, observaient, épouvantés,
dans toute la longueur de la rue, du côté d'où la
rumeur venait en s'approchant. Comme ils écoutent le conseil, ils voient paraître l'avant-garde.
On court, on vole porter l'avis au maître. Pendant que celui-ci délibère s'il faut fuir, et comment, un autre lui vient dire qu'il n'est plus
temps. C'est à peine si les domestiques ont pu
fermer la porte. Ils l'étaient, ils la barricadent
bien, courent fermer les fenêtres comme quand
le temps s'obscurcit et qu'on s'attend d'un moment à l'autre à voir tomber la grêle. Ce long
et terrible hurlement qui va toujours en gran-

dissant tombe du ciel comme un tonnerre, retentit dans la cour vide ; toutes les cavités de la maison y répondent , et du milieu de ce vaste tumulte on entend craquer la porte sous les coups de pierre dont elle est à chaque instant assaillie.

« Le vicaire! le tyran! l'affameur! Nous le « voulons! vif ou mort! »

L'infortuné errait de chambre en chambre, à demi mort, tremblant, joignant les mains , se recommandant à Dieu, conjurant ses serviteurs de tenir ferme, de trouver un moyen pour le faire sauver. Mais comment et par où ? Il monte au galetas ; par une lucarne d'où il ne saurait être aperçu il jette un regard effaré dans la rue : il la voit pleine de furibonds ; il entend les cris qui demandent sa mort. Plus épouvanté que jamais , il se retire pour chercher un lieu plus sûr et plus secret où se cacher. Il s'y blottit ; il écoute, il écoute encore si cette cruelle fermentation se calme, si le tumulte s'apaise ; mais entendant au contraire le mugissement s'élever unanime, immense, la porte chanceler sous tant d'efforts , il se bouchait en hâte les oreilles. Puis, comme hors de lui, grinçant des dents, le visage contracté, il tendait vivement le bras et appuyait le poing comme s'il eût voulu tenir la porte ferme contre les coups. Enfin, perdant toute espérance, il se laissait tomber, étourdi, comme insensible, attendant la mort.

Renzo se trouvait cette fois au fort de la mêlée ;

il ne s'y était pas laissé porter par le torrent, il
y était accouru. A cette première proposition
de sang il avait senti tout le sien se troubler.
Quand au saccage, il n'était pas très sûr si c'était
bien ou mal en une telle conjoncture; mais l'i-
dée d'un assassinat lui causa une vive et subite
horreur. Quoique, par cette funeste facilité
qu'ont les esprits passionnés à tout croire, il fût
bien convaincu, au dire passionné de tant de
gens, que le vicaire était un scélérat, un affameur, comme s'il avait su de point en point ce
que le malheureux avait fait, omis de faire et
projeté, cependant il était accouru des premiers avec la ferme résolution de faire tout ce
qui serait en son pouvoir pour le sauver. Dans
cette disposition d'esprit, il était arrivé près de
la porte, qui était travaillée de cent manières.
Les uns avec des cailloux frappaient sur les clous
de la serrure pour la briser; les autres, avec des
pieux, des ciseaux et des marteaux, cherchaient
à la travailler plus en règle; d'autres ensuite
avec des pierres aiguës, avec des couteaux dé-
pointés, avec des clous, avec les ongles, s'ils
n'avaient rien autre, s'attaquaient à l'enduit de
la muraille, la démolissaient, et s'industriaient
à en retirer les pierres une à une pour y faire
une brèche. Ceux qui n'y pouvaient mettre les
mains animaient les autres par leurs cris; mais
en même temps, en se jetant sur les premiers,
en les tenant collés l'un à l'autre, ils arrêtaient
le travail, déjà arrêté par les débats que les

travailleurs avaient entre eux : car, par la grâce
du Ciel, il arrive souvent aussi pour le mal ce
qui arrive trop fréquemment pour le bien; les
fauteurs les plus ardents deviennent le premier
obstacle.

Les magistrats, instruits de cette émeute,
firent aussitôt demander un secours de troupe
au commandant du château, qui s'appelait alors
le château de la porte Giovia; et celui-ci détacha aussitôt une compagnie. Mais entre l'avis,
l'ordre, le temps de se réunir, de se mettre
en marche, de faire la route, la compagnie arriva que la maison était déjà entourée d'un
vaste siège, et elle fit halte très loin de celle-ci,
à la naissance de la presse. L'officier qui la commandait ne savait quel parti prendre. Il n'y
avait là pour ainsi dire qu'un rassemblement
de gens oisifs et désœuvrés, de tout âge et de
tout sexe. A l'ordre qu'on leur donnait de se
séparer et de faire place ils répondaient par un
sourd et long murmure; personne ne bougeait.
Faire feu sur cette canaille semblait à l'officier
chose non seulement cruelle, mais pleine de
dangers; chose qui, en offensant les moins terribles, aurait irrité les plus violents; et d'ailleurs il n'avait pas de telles instructions. Ouvrir cette première foule, la renverser à droite
et à gauche, et aller en avant porter la guerre
à qui la faisait, c'était fort bien sans doute;
mais le point, c'était de réussir. Qui sait si les
soldats auraient pu s'avancer unis et en bon

ordre? Que si, au lieu de rompre la foule, ils se trouvaient eux-mêmes disséminés et engagés au milieu de la bagarre, ils se seraient trouvés à la merci de la populace après l'avoir provoquée. L'irrésolution du commandant et l'immobilité des soldats fut prise, à tort ou à raison, pour de la peur. Les gens du peuple qui se trouvaient près d'eux se contentaient de les regarder au visage avec un air de je « m'en moque, » pour me servir d'un dicton milanais. Ceux qui étaient un peu plus loin ne se contentaient pas de les provoquer avec des gestes et des railleries; au-delà il y en avait peu qui sussent qu'ils étaient là ou qui s'en souciassent; les saccageurs continuaient à démolir, sans autre pensée que de réussir bientôt dans leur entreprise; les spectateurs ne cessaient pas de les animer par leurs cris.

Un vieillard de mauvaise vie se détachait de la foule, et il était à lui seul un spectacle. Il ouvrait deux yeux caves et enflammés, et contractait ses rides par un rire atroce de plaisir; les mains levées par-dessus ses indignes cheveux blancs, il agitait un marteau, une corde, quatre grands clous, avec lesquels, disait-il, il voulait crucifier le vicaire sur les panneaux de sa porte, quand il aurait rendu l'âme.

« Eh quoi! vous n'avez pas honte! » s'écria Renzo, saisi d'horreur à ses paroles, à la vue d'un grand nombre d'autres visages qui semblaient les goûter beaucoup, et encouragé peut-être aussi à la vue de quelques autres sur lesquels, bien qu'ils fussent muets, se peignait l'horreur dont il était saisi. « Eh! quoi! voulons-nous faire le métier du bourreau? Assassiner un chrétien! Comment voulez-vous que Dieu nous donne du pain si nous commettons de tels crimes? Il nous enverra son tonnerre, et non du pain!

« — Ah chien! traître à la patrie! » cria, en se tournant vers Renzo avec un air diabolique, un de ceux qui avaient pu entendre au milieu du fracas ces saintes paroles. « Attends! attends! C'est un domestique du vicaire, déguisé en paysan; c'est un espion. Qu'on tombe dessus! qu'on tombe dessus! » Cent bruits s'élèvent et se croisent. « Qu'est-ce? Où est-il? Quel est-il? — Un domestique du vicaire. — Un espion.

« — Le vicaire, déguisé en paysan, qui se sauve.

« — Où est-il? où est-il? Tombez sur lui! tombez sur lui.

Renzo se tait; il se fait tout petit, tout petit; il voudrait disparaître. Quelques uns de ses voisins l'aident à se cacher; ils poussent de grands cris; ils cherchent à étouffer et à confondre ces voix ennemies et avides de sang. Mais ce qui le servit plus que tous le reste, ce fut un « Place, place, » qu'il entendit crier près de lui. « Place! voici du secours qui nous arrive! Place, ohé! »

Qu'était-ce donc? C'était une longue échelle de bois que quelques hommes portaient pour pé-

nétrer dans la maison par une fenêtre. Mais
par bonheur ce moyen, qui aurait rendu la
chose si facile, n'était guère facile à mettre en
œuvre. Les porteurs, à l'un et à l'autre bout,
ici, là, tout le long de la machine, heurtés, sé-
parés par la foule, chancelaient à chaque pas;
l'un, avec la tête emprisonnée entre deux éche-
lons et les deux supports sur les épaules, poussait des mugissements lamentables; celui-là était
arraché à son fardeau par un autre choc; l'é-
chelle, abandonnée, tombait sur les têtes, les
épaules, les bras; c'étaient des plaintes, des
cris, des hurlements à n'y pas tenir; d'autres
la soulèvent, se mettent dessous, la chargent
sur leur dos en criant : « A nous, allons! » La
fatale machine s'avance par bonds et par sauts,
tantôt à droite, tantôt à gauche. Elle vint à
temps pour distraire et confondre les ennemis
de Renzo, qui profita de ce désordre. Il se cacha d'abord; puis, jouant tant qu'il put des
coudes, il s'éloigna de cette place, où l'air n'é-
tait pas bon pour lui, avec l'intention aussi de
sortir le plus tôt qu'il pourrait du tumulte, et
d'aller vraiment trouver ou attendre le père Bonaventura.

Tout à coup une commotion partie de l'une
des extrémités se propage dans la foule. Un bruit
se répand, il circule, il vole de bouche en bouche, de chœur en chœur. « Ferrer! Ferrer! »
Un mouvement de surprise, de plaisir, de dépit,
de joie ou de colère, éclate partout où arrive ce

nom. Qui le crie, qui le veut étouffer, qui affir-
me, qui nie, qui bénit, qui jure.

« Voici Ferrér ! — Ce n'est pas vrai, ce n'est
« pas vrai ! — Oui, oui ! Vive Ferrer, celui qui
« donne le pain à bon marché. — Non, non ! —
« Il est ici, il est ici en carosse. — Que fait celui-
« là ? de quoi se mêle-t-il ? Nous ne voulons
« personne ! — Ferrer ! Vive Ferrer ! l'ami des
« pauvres gens ! Il vient prendre le vicaire pour
« le mettre en prison. — Non, non : nous vou-
« lons nous faire justice nous-mêmes. En arriè-
« re, en arrière ! — Oui, oui, Ferrer ! qu'il
« vienne, Ferrer ! En prison le vicaire ! »

Et tous, en se dressant sur la pointe des pieds,
se tournent pour regarder du côté où l'on annonce cette arrivée inattendue. En se dressant
tous ils ne voyaient ni plus ni moins que s'ils
étaient tous restés les pieds sur la terre; mais
qu'importe, tous se dressaient.

En effet, à l'une des extrémités de la foule, du
côté opposé à celui où étaient les soldats, était
arrivé en carosse le grand-chancelier Antonio
Ferrer, qui, se faisant probablement conscience
d'avoir, par ses sottises et son opiniâtreté, été la
cause ou au moins l'occasion de cette émeute,
venait maintenant chercher à la calmer, à en
prévenir au moins le plus terrible, l'irréparable
effet : il venait pour bien dépenser une popularité
mal acquise.

Dans les émeutes populaires, il y a toujours
un certain nombre d'hommes qui, soit effet de

la violence de leurs passions, soit par une persuasion fanatique, un dessein criminel, un infernal amour de destruction, font tout ce qu'ils peuvent pour pousser les choses au pire. Ils proposent ou appuient les projets les plus barbares; ils attisent le feu chaque fois qu'il semble se rallentir. Rien n'est jamais trop violent pour eux; ils voudraient que le tumulte n'eût ni mesure ni fin. Mais, comme pour servir de contre-poids, il y a toujours aussi un certain nombre d'autres hommes qui, peut-être avec la même ardeur et la même obstination, s'appliquent à obtenir l'effet contraire, ceux-ci portés d'amitié ou de partialité pour les personnes qu'on menace, ceux-là sans autre impulsion qu'une pieuse et soudaine horreur du sang et du crime. Que le Ciel les bénisse! Dans chacun de ces deux partis opposés, encore bien qu'il n'y ait jamais de mesures concertées d'abord, la conformité des volontés fait naître un concours subit dans les opérations. Ce qui compose ensuite la masse, et même le matériel du tumulte, c'est un vaste mélange d'hommes qui, par des nuances et des gradations infinies, tiennent à l'une et à l'autre de ces extrêmes; un peu échauffés, un peu coquins, penchant un peu vers une certaine justice comme ils l'entendent, un peu affamés de voir quelque bonne scélératesse; prompts à la férocité et à la miséricorde, à l'adoration et à l'exécration, selon que l'occasion se présente d'éprouver l'un ou l'autre senti-

ment; avides à chaque instant de savoir, de croire quelque chose d'étrange ; éprouvant le besoin de crier, d'applaudir ou de hurler contre
quelqu'un. Qu'il vive! et qu'il meure! sont les
mots qu'ils jettent le plus volontiers. Qui a
réussi à leur persuader qu'un tel n'a pas mérité
d'être écartelé n'a pas besoin de dépenser plus
de paroles pour les convaincre qu'il est digne
d'être porté en triomphe. Acteurs, spectateurs,
instruments, obstacles, tout va selon le vent;
prompts aussi à se taire quand personne ne leur
donne le mot, à se désister quand les instiga-
teurs manquent, à se débander quand plusieurs
voix d'accord et non contredites ont dit, « Allons-
nous-en, » et à s'en retourner chez eux, en se
demandant l'un l'autre , « Qu'était-ce donc ? »
Toutefois, comme en de telles occurences cette
masse a la plus grande force, qu'elle est la force
même, chacun des deux partis actifs use de toute
son habileté pour l'attirer à lui, pour s'en rendre
maître. Ce sont comme deux âmes ennemies qui
combattent pour entrer dans ce vaste corps et le
faire mouvoir. C'est à qui saura le mieux répandre les bruits les plus propres à exciter les passions, à diriger les mouvements en faveur de
l'une ou de l'autre intention; c'est à qui saura le
plus à propos trouver les nouvelles qui excitent
l'indignation ou la tempèrent, mettre en jeu les
espérances et les craintes; c'est à qui saura trouver le cri qui, répété de bouche en bouche,
exprime, atteste et forme en même temps le

vœu du plus grand nombre, pour l'un ou pour l'autre parti.

Nous avons fait tout ce long bavardage pour en venir à dire que, dans la lutte entre les deux partis qui se disputaient le vœu du peuple rassemblé en foule devant la maison du vicaire, l'apparution d'Antonio Ferrer donna presque en un instant un grand avantage au parti des modérés, qui avait visiblement le dessous. Si ce secours avait encore un peu tardé d'arriver, il n'aurait plus eu ni la force ni un but pour combattre. L'homme était agréable à la multitude à cause de ce tarif de son invention, si favorable aux acheteurs, et à cause de son héroïque résistance contre tout raisonnement contraire. Les esprits, déjà portés en sa faveur, étaient maintenant encore plus touchés de la courageuse confiance d'un vieillard qui, sans gardes, sans appareil, venait trouver et affronter une multitude courroucée et tumultueuse. Cet avis, qu'il venait prendre le vicaire pour le conduire en prison, faisait ensuite un admirable effet. La fureur contre ce malheureux se serait soulevée plus terrible encore si l'on était venu la braver, et si l'on n'y avait voulu faire aucune concession; mais avec cette promesse de satisfaction, ou, pour le dire à la milanaise, avec cet os dans la bouche, elle s'apaisait un peu, et donnait place aux autres sentiments opposés qui naissaient dans une grande partie des esprits.

Les partisans de la paix, ayant repris haleine,

secondaient Ferrer de cent manières : ceux qui
se trouvaient près de lui, en excitant à chaque
moment par leurs applaudissements l'applaudissement public, et cherchant en même temps à
faire un peu reculer le monde, pour ouvrir un
passage au carrosse; les autres, en applaudissant,
en répétant et en faisant courir ses paroles ou
celles qui paraissaient les meilleures qu'il pût
dire, en imposant silence aux furieux obstinés,
et en tournant contre eux la nouvelle passion de la
mobile assemblée. « Qui est celui qui ne veut pas
« qu'on dise, Vive Ferrer ? Tu ne voudrais donc
« pas, eh ! que le pain fût à bon marché ! Ce sont
« des coquins ceux qui ne veulent pas d'une jus-
« tice de chrétiens, et il y en a parmi eux qui
« crient plus fort que les autres pour faire sauver
« le vicaire. En prison le vicaire ! vive Ferrer !
« place à Ferrer ! » Le nombre de ceux qui par-
laient ainsi allant toujours en augmentant, le
nombre du parti contraire diminuait sans cesse.

Les premiers en vinrent même à donner
sur les doigts à ceux qui voulaient tout rui-
ner, à les maltraiter, à leur ôter les outils des
mains. Ceux-ci écumaient de rage, menaçaient
même, cherchaient à se relever; mais la cause
du sang était perdue; le cri qui dominait, c'é-
tait : « Prison, justice, Ferrer ! » Après une
courte lutte, ceux-ci furent vaincus; les autres
s'emparèrent de la porte, et pour la défendre
contre de nouveaux assauts, et pour préparer
l'entrée à Ferrer. L'un d'eux, en criant au tra-

vers (car les fentes n'y manquaient pas), avertit
les gens de la maison qu'il était venu du secours,
et que le vicaire eût à se tenir prêt « pour aller
« de suite... en prison. Hein ! vous comprenez ! »

« Est-ce ce Ferrer qui aide à faire les or-
« donnances? » demanda à un de ses nouveaux
voisins notre Renzo, qui se souvint du *vidit Ferrer* que le docteur lui avait montré au bas de
la fameuse ordonnance que l'on sait, et qu'il lui
avait fait sonner à l'oreille.

« —Justement, le grand-chancelier, » lui ré-
pondit-on.

« — C'est un galant homme, n'est-il pas vrai?

« — C'est bien plus vraiment qu'un galant hom-
« me ! C'est lui qui avait mis le pain à bon mar-
« ché; ils ne l'ont pas voulu, et maintenant il
« vient chercher le vicaire pour le mener en
« prison, parce qu'il n'a pas agi selon la jus-
« tice. »

Il est inutile de dire que Renzo fut aussitôt
pour Ferrer. Il voulait aller à sa rencontre. La
chose n'était pas facile; mais avec ses coups de
pied, ses coups de coude de montagnard, il parvint à se faire jour, et à se porter au premier
rang, juste à côté de la voiture.

La voiture avait déjà pénétré dans la foule ;
dans ce moment elle était arrêtée par un de ces
écueils inévitables et si fréquents dans une telle
promenade. Le vieux Ferrer présentait tantôt à
l'une, tantôt à l'autre des portières, une figure
tout humble, toute douce, tout aimable, une

figure qu'il avait toujours tenue en réserve pour
le jour où il viendrait à se trouver en présence
de don Philippe IV; mais il fut contraint de la
dépenser en cette occasion. Il parlait aussi ;
mais le bruit et le bourdonnement de tant de
voix, les *vivat* même qu'on poussait pour lui,
ne laissaient entendre qu'à peine et bien peu de
ses discours. Il s'aidait aussi du geste : tantôt il
portait le bout de ses doigts unis sur ses lèvres,
pour y prendre un baiser que ses mains, en s'ou-
vrant aussitôt, distribuaient à gauche et à droite
comme pour rendre grâce de la bienveillance que
lui témoignait le public ; tantôt il les allongeait
et les agitait lentement hors de la portière pour
demander un peu de place ; tantôt il les baissait
poliment pour demander un peu de silence.
Quand il en avait un peu obtenu, les plus voisins entendaient et répétaient ses paroles : « Pain,
« abondance. Je viens pour faire justice ; un peu
« de place ; de grâce. » Etouffé ensuite, et comme
suffoqué du bourdonnement de tant de voix,
de la vue de tant de figures enflammées, de
tant de regards fixés sur lui, il se tirait un moment en arrière, gonflait ses joues, en chassait
le vent à grand bruit, et se disait à part : « *Por*
« *mi vida, que de gente!* * »

« Vive Ferrer ! N'ayez pas peur. Vous êtes un
« brave homme. Du pain ! du pain !

* Sur ma vie, que de monde !

« — Oui, du pain, du pain, répondait Ferrer.
« Abondance! je vous le promets, moi; » et il
mettait la main sur son cœur. « Ouvrez-moi le
« passage, » ajoutait-il ensuite en criant de
toutes ses forces; « je viens pour le mener en
« prison, pour lui infliger un juste châtiment. »
Et il ajoutait à voix bien basse : « *Si està culpa-
« ble** . » Se baissant ensuite vers son cocher, il
lui disait en hâte : « *Adelante, Pedro, si pue-
« des *** . »

Le cocher souriait aussi au peuple avec une politesse affectueuse, comme s'il avait été un grand
personnage; et avec une grâce ineffable, il promenait lentement, lentement, le fouet à droite
et à gauche, pour demander aux voisins incom-
modes de se ranger et de se retirer un peu sur les
côtés. « De grâce, disait-il aussi, messieurs, un
« peu de place, un tant soit peu, à peine de
« quoi passer. »

En attendant, les officieux les plus actifs s'em-
ployaient pour faire le passage demandé avec
tant de grâce. Quelques uns devant les chevaux
font retirer le monde avec de bonnes paroles,
en leur mettant les mains sur la poitrine, en les
poussant doucement : « Là, là, un peu de place,
« messieurs. » Les autres faisaient le même manége aux deux côtés du carrosse, pour qu'il pût

---

* S'il est coupable.
** En avant, Pédro, si tu peux.

courir sans effleurer les pieds ni caresser les
visages, accident qui, outre le mal qu'il aurait
fait au monde, aurait fait courir de grands ris-
ques à la popularité d'Antonio Ferrer.

Renzo, qui avait été quelques instants à regarder avec complaisance cette respectable vieil-
lesse, un peu troublée par le chagrin, tourmentée par la fatigue, mais animée par la sollici-
tude, embellie, pour ainsi dire, par l'espérance
d'arracher un homme à des angoisses mortelles;
Renzo, dis-je, laissa de côté toute idée de retraite. Il résolut de prêter main-forte à Ferrer,
et de ne pas l'abandonner jusqu'à ce qu'il fût
venu à bout de ses desseins. Il se mit aussitôt
avec les autres à faire faire place, et il n'était
certes pas un des plus paresseux. Un passage
s'ouvre. « Avancez, avancez, » disaient quelques
uns au cocher, en se retirant ou en courant en
avant pour faire ranger le monde un peu plus
loin. « *Adelante, presto, con juicio**, » lui dit
aussi le patron, et le carrosse se mit en mouvement.

Au milieu des saluts qu'il prodiguait à l'aventure au public, Ferrer en adressait certains autres de remercîment, avec un sourire d'intelligence, à ceux qu'il voyait s'employer pour lui :
plus d'un de ces sourires fut adressé à Renzo,
qui, en vérité, les méritait bien, et servait en

---

* En avant, vite, avec précaution.

ce jour le grand-chancelier mieux que ne l'aurait pu faire le plus intrépide de ses secrétaires. Le jeune montagnard extravaguait de joie de cette politesse; il lui semblait presque qu'il s'était lié d'amitié avec Antonio Ferrer.

La voiture, une fois en mouvement, poursuivit sa route avec plus ou moins de lenteur, et non sans s'arrêter de temps à autre. Le trajet était très court; mais eu égard au temps qu'on y mettait, il aurait semblé un petit voyage même à qui n'aurait pas eu la sainte hâte de Ferrer. Le peuple se pressait, s'agitait en avant, en arrière, à droite, à gauche du carrosse, comme des dauphins autour d'un vaisseau qui s'avance, battu par la tempête. Le fracas était plus perçant, plus discordant, plus étourdissant que celui de la tempête. Ferrer, en regardant tantôt d'un côté, tantôt de l'autre, en s'agitant et en gesticulant toujours, cherchait à entendre quelque chose pour régler là-dessus ses réponses. Il voulait, pour mieux faire, entamer la conversation avec cette troupe d'amis; mais la chose était difficile, la plus difficile peut-être qu'il eût encore rencontrée dans ses longues années de service à la grande-chancellerie. De temps en temps pourtant quelque mot, quelque phrase même répétée par l'assemblée sur son passage, se faisait entendre comme l'éclat d'une grosse fusée domine le bruit confus d'un feu d'artifice. Lui, tantôt en se mettant en quatre pour répondre d'une manière satisfaisante à ces cris, tantôt criant de toute la force de ses poumons les mots qu'il savait devoir être les mieux accueillis, ou que quelque nécessité subite semblait demander, leur parla tout le long de la rue : « Oui, messieurs, pain, abondance. « Je le mènerai en prison; il sera châtié.... *si* « *està culpable* (1). Oui, oui, je l'ordonnerai, « moi : le pain à bon marché. *Asi es....* Cela est « ainsi, veux-je dire. Le roi notre seigneur « ne veut pas que ses fidèles sujets souffrent de « la faim. *Ox! ox! guardaos* (2). Qu'on ne vous « fasse pas de mal, messieurs. *Pedro, adelante,* « *conjuicio* (3). Abondance! abondance! Un peu « de place, par charité. Pain, pain! En prison, « en prison. » — « Qu'est-ce....? » demandait-il ensuite à un homme qui avait jeté la moitié de son corps dans la portière, pour lui hurler un conseil, une demande, un applaudissement, n'importe quoi. Mais celui-ci, sans pouvoir entendre le « Qu'est-ce? » avait été tiré brusquement en arrière par un autre qui le voyait sur le point d'être écrasé sous les roues. A travers les acclamations réitérées, à travers aussi quelque frémissement d'opposition qui se faisait entendre çà et là, mais qui était aussitôt comprimé, voilà que Ferrer arriva enfin à la maison, grâce surtout à ces bons auxiliaires.

(1) S'il est coupable.
(2) Oh! oh! prenez garde.
(3) Pédro, en avant, avec précaution.

Les autres qui, comme nous l'avons dit,
étaient là avec les mêmes bonnes intentions,
avaient, en attendant, travaillé à faire et refaire
un peu de vide. Prière, exhortation, menace,
ils avaient tout employé; ils poussent, ils pres-
sent, ils foulent aux pieds de çà et de là avec
ce redoublement d'ardeur et de forces que donne toujours l'approche d'une issue désirée. Ils
étaient parvenus à partager la foule en deux,
et ensuite à rejeter les deux files en arrière,
si bien qu'entre la porte et le carrosse, qui s'arrêta devant, il y avait un petit espace libre.
Renzo, qui, en faisant un peu le batteur d'estrade
et un peu le guide, était arrivé avec le carrosse, put trouver place dans l'un de ces deux
remparts d'officieux qui faisaient en même temps
face au carrosse et servaient de digue aux deux
flots frémissants de peuple. En aidant à en soutenir une avec ses puissantes épaules, il se trouva
très bien placé pour voir.

Ferrer respira en voyant la place libre et la
porte encore fermée, ou pour mieux dire pas encore ouverte. Du reste les gonds étaient plus qu'é-
branlés dans leurs fondements; les huisseries en
éclats, brisées, enfoncées, fendues vers le milieu,
laissaient voir par une large brèche un bout de
cadenas tordu, forcé et presque arraché, qui,
pour ainsi dire, les tenait jointes ensemble. Un
officieux s'était mis à ce pertuis à crier qu'on
ouvrît; un autre accourt pour ouvrir la portière du carrosse; le vieillard met la tête dehors,

se lève, et, s'appuyant de la main sur le bras de ce digne homme, il pose le pied sur le marche-pied.

La foule se soulève de tout côté pour voir; mille figures, mille nez sont en l'air. La curiosité et l'attention générale font naître un moment de silence. Ferrer s'arrête en ce moment sur le marche-pied; il promène ses regards autour de lui, s'incline pour saluer le peuple, met la main sur le cœur, et crie : « Pain et justice. » Revêtu de sa toge, la tête haute, la démarche assurée, il descend à travers les acclamations, qui montent jusqu'au ciel.

Les gens de la maison avaient, en attendant, ouvert la porte, ou pour mieux dire avaient fini d'arracher le cadenas et les anneaux déjà chancelants. Ils firent une ouverture pour donner l'entrée à cet hôte si désiré, en mettant toutefois un grand soin à borner l'ouverture à l'espace que son corps pouvait occuper. « Vite, « vite, disait celui-ci; ouvrez bien, que je « puisse entrer; et vous, en braves gens, con- « tenez le peuple; ne le laissez pas venir der- « rière moi...., pour l'amour du Ciel!.... Pré- « parez un peu de passage pour tantôt, à l'instant. « Eh! eh! messieurs, un moment, » disait-il ensuite aux gens de la maison; « doucement « avec cette porte; laissez-moi passer. Eh! mes « côtes! je vous recommande mes côtes. Fermez « maintenant. Non, eh! eh! ma robe! ma robe!» Elle serait restée prise entre les jointures si

Ferrer n'en avait pas retiré avec précipitation
la queue. Elle parut comme la queue d'un ser-
pent qui, poursuivi, se cache dans un trou.

Les portes, refermées du mieux que l'on pouvait, étaient, en attendant, étayées par-derrière
avec des supports. Au dehors, ceux qui s'étaient
constitués gardes-du-corps de Ferrer travail-
laient des épaules, des bras et de la voix à maintenir la place vide, en priant du fond du cœur
leur Seigneur Dieu qu'il eût bientôt fait.

« Vite, vite, » disait encore celui-ci sous la
maison, sous le portique, aux serviteurs qui
l'entouraient essoufflés et criant : « Soyez béni!
« Ah! Excellence! Oh! Excellence! Juste ciel!
« Excellence!

« — Vite, vite, répétait Ferrer : où est ce
« cher homme? »

Le vicaire descendait l'escalier, demi-entraî-
né, demi-porté par les autres domestiques, pâle
comme la mort. Quand il vit son sauveur, il
poussa un grand soupir; il lui revint un peu de
pouls, il lui courut un peu de vie dans les jambes, un peu de couleur sur les joues, et il se
hâta d'arriver devant Ferrer en disant : « Je
« suis dans les mains de Dieu et de Votre Excel-
« lence. Mais comment sortir d'ici? Nous som-
« mes entourés de toute part de gens qui veulent
« ma mort.

« *Venga con migo, usted* *, et prenez courage.

Venez avec moi.

« Ma voiture est là dehors : vite, vite. » Il le
prend par la main et le conduit vers la porte
en le rassurant durant tout le trajet, mais en
disant en son cœur : « *Aqui està el busilis!*
« *Dios nos valga! ** »

La porte s'ouvre ; Ferrer sort le premier ;
l'autre le suit ; tout rapetissé, crampomné, collé
à cette toge protectrice comme un petit enfant
à la jupe de sa mère. Ceux qui avaient main-
tenu la place vide lèvent aussitôt les mains,
agitent leurs chapeaux ; ils font en quelque sorte
un nuage pour soustraire le vicaire à la vue dangereuse de la multitude. Celui-ci entre le premier dans le carrosse et se tapit dans un coin.
Ferrer monte ensuite : la portière se ferme. Le
peuple entrevoit, sait, devine ce qui est arrivé,
et il envoie un bruit confus d'applaudissements
et d'imprécations.

La partie du voyage qui restait à faire semblait la plus difficile et la plus dangereuse. Mais
le vœu public pour laisser aller le vicaire en prison s'était suffisamment manifesté ; et pendant que
la voiture s'était arrêtée, plusieurs de ceux qui
avaient favorisé l'arrivée de Ferrer s'étaient encore plus appliqués à préparer et à maintenir
un chemin au milieu de la foule ; le carrosse
put, au retour, courir avec un peu plus de vi-
tesse et sans intervalles. A mesure qu'il s'avançait, les deux foules rangées sur les côtés se con-

* Voici le point difficile ! Que Dieu nous soit en aide.

fondaient ensemble et se réunissaient derrière.

Ferrer, à peine assis, s'était baissé pour avertir le vicaire qu'il se tînt bien caché dans le
fond, et qu'il ne se laissât point voir, pour l'a-
mour du Ciel; mais l'avis était inutile. Le grand-
chancelier au contraire se devait montrer pour
occuper et attirer sur lui toute l'attention du
public. Durant tout ce trajet comme durant le
premier, il fit à son changeant auditoire une
harangue la plus constante et en même temps
la plus décousue qui fût jamais; il l'interrom-
pait pourtant à chaque instant par quelques
mots espagnols qu'il glissait en toute hâte, et en
se tournant, à l'oreille de son invisible compagnon. « Oui, messieurs, pain et justice. Au
« château, en prison sous ma garde. Grâces,
« grâces, mille grâces! Non, non; il n'échappera
« pas! *Por ablandarlos* (1). C'est trop juste; on
« examinera, on verra. Moi aussi je vous veux
« du bien. Un châtiment sévère. *Esto lo digo*
« *por su bien* (2). Une *meta* juste, une *meta* (3)
« modérée, et des châtiments pour les affa-
« meurs. Retirez-vous un peu, de grâce. Oui,
« oui, je suis un galant homme, ami du peuple.
« Il sera châtié; c'est vrai, c'est un coquin, un
« scélérat. *Perdone usted* (4). Il passera un

(1) C'est pour les amadouer.
(2) Je dis cela pour votre bien.
(3) Le tarif.
(4) Pardonnez-moi.

« mauvais quart d'heure, il passera un mau-
« vais quart d'heure....... *si està culpable* (1).
« Oui, oui; nous ferons marcher droit les bou-
« langers. Vive le roi, vive les bons Milanais,
« ses fidèles sujets! Il est frais, il est frais. *Ani-*
« *mo, estamos ya quasi afuera* (2).

Ils avaient en effet traversé la plus grande
foule, et déjà ils étaient sur le point d'en sortir
et de cheminer à l'aise. Là, pendant que Ferrer
commençait à donner un peu de repos à ses poumons, il vit le secours de Pise, ces soldats espagnols, qui pourtant sur la fin n'avaient pas
été tout-à-fait inutiles, puisque, soutenus et di-
rigés par quelques bourgeois, ils avaient ren-
voyé en paix un peu de monde, et tenu le passage libre à la dernière sortie. A l'arrivée du
carrosse ils firent la haie et présentèrent les armes au grand-chancelier, qui rendit aussi un
salut à droite, un salut à gauche; à l'officier
qui vint de plus près lui présenter le salut, il
dit, en faisant un signe de la main droite : *Beso*
à usted las manos (3), paroles que l'officier prit
pour ce qu'elles signifiaient réellement, c'est-à-
dire : Vous m'avez porté un beau secours! En
réponse il fit un autre salut et haussa les épaules.
C'était vraiment le cas de dire : *Cedant arma*
togæ; mais Ferrer n'avait pas en ce moment l'es-

(1) S'il est coupable.
(2) Courage, nous en sommes déjà presque hors.
(3) Je vous baise les mains.

prit tourné aux citations, et du reste c'auraient été des paroles au vent, car l'officier ne savait pas le latin.

Pedro, en passant à travers ces deux files de miquelets, à travers ces mousquets si respectueusement élevés, sentit renaître en son âme son ancienne valeur. Il revint tout-à-fait de son étourdissement, il se rappela qui il était et qui il conduisait, et criant : « Ohé! ohé! » sans ajouter d'autres cérémonies pour le monde, désormais assez clairsemé pour être traité ainsi, il fouetta ses chevaux, et leur fit prendre leur course vers le château.

« *Levantese, levantese, estamos afuera* (1), dit Ferrer au vicaire, qui, rassuré du cessement des cris, et par le rapide mouvement de la voiture, et par ces mots, se tira de son coin, se leva, et, retrouvant la voix, commença à rendre mille et mille actions de grâce à son libérateur. Celui-ci, après s'être affligé avec lui du péril et réjoui de l'en voir délivré : « Ah! s'écria-t-il, « *que dirà de esto Su Excelencia* (2), qui est déjà « presque fou à cause de ce maudit Casale, « et qui ne veut pas céder? *Que dirà el conde* « *duque* (3), qui s'alarme si une feuille fait « plus de bruit que de coutume? *Que dirà el* « *rey nuestro senor* (4), qui ne manquera pas

(1) Levez-vous, levez-vous, nous en voilà hors.
(2) Que dira de ceci Son Excellence.
(3) Que dira le comte-duc.
(4) Que dira le roi, notre seigneur.

« d'apprendre quelque chose d'un si grand ta-
« page ? Et ensuite sera-ce fini ? *Dios lo sabe* *.

« — Ah ! pour moi, je ne veux plus m'en
« mêler, disait le vicaire, je m'en lave les mains.
« Je me démets de mon poste aux mains de
« Votre Excellence, et je vais vivre dans une
« caverne sur une montagne, en ermite, loin,
« bien loin de ce peuple féroce.

« — *Usted* ** ferez ce qui sera le plus con-
« venable *por el servicio de Su Magestad,* » répondit gravement le grand-chancelier.

« — Sa Majesté ne voudra pas ma mort,
« répliquait le vicaire. Dans une caverne, dans
« une caverne, loin de ces gens-là. »

Notre auteur ne dit pas ce qu'il advint de ce
projet : car, après avoir accompagné le pauvre
homme au château, il ne s'occupe plus de lui.

* Dieu le sait.
** Vous.... pour le service de Sa Majesté.

CHAPITRE XIV.

La foule restée en arrière commença à se dis-
perser, à s'écouler de côté et d'autre. L'un
allait au logis pour vaquer à ses affaires; l'autre
s'éloignait pour respirer un peu à l'aise après
tant d'heures de presse; un autre cherchait des
gens de connaissance pour dire son petit mot
sur les grands événements de la journée. L'autre
bout de la rue s'éclaircissait aussi. Le monde
y était assez clairsemé pour que le détachement
de soldats espagnols pût, sans avoir à combattre, s'avancer et arriver près de la maison du
vicaire. Devant celle-ci était encore réunie la
lie, pour ainsi dire, de l'émeute : c'était une
bande de brigands qui, mécontents d'un dé-
noûment si froid et qui répondait si peu à tant
d'éclat, murmuraient, juraient, se consultaient
pour s'encourager l'un l'autre à chercher quelle
chose on pourrait encore entreprendre; et
comme pour essayer, ils se mettaient à assaillir
et à secouer cette pauvre porte, qui avait été
fermée et barricadée du mieux qu'on avait pu.
A l'arrivée du détachement, tous ces gens-là,

d'une résolution unanime et sans s'arrêter à se consulter, s'ébranlèrent, se mirent en marche du côté opposé, laissant la place libre aux soldats, qui la prirent et s'y postèrent pour garder la maison et la rue. Mais les rues et les petites places des alentours étaient pleines de rassemblements; là où s'arrêtaient deux ou trois individus, trois, quatre, vingt autres se venaient arrêter; quelques uns s'en détachaient, d'autres s'y réunissaient, comme ces petits nuages qui quelquefois restent épars et flottent dans l'azur du ciel après une tempête, et font dire à qui lève les yeux: Le temps n'est pas bien remis. C'était un caquettage divers, confus et changeant. L'un narrait avec emphase les accidents particuliers dont il avait été témoin; l'autre racontait ce qu'il avait fait lui-même; celui-ci se félicitait de ce que la chose eût bien fini, exaltait Ferrer et prédisait de grands malheurs au vicaire; celui-là, d'un air railleur, assurait qu'il ne lui serait point fait de mal, parce que les loups ne se mangent point entre eux; un autre enfin disait en murmurant et avec colère qu'on n'avait pas bien fait les choses, que c'était une vraie duperie, que c'avait été folie que de faire tant de bruit pour se laisser prendre à ce leurre.

Cependant le soleil était tombé; les objets allaient en se confondant dans une seule et même teinte. Beaucoup de gens, fatigués de la journée et ennuyés de jaser dans l'obscurité, retournaient au logis. Notre jeune homme, après avoir

aidé le carrosse à aller jusqu'où il était nécessaire qu'on l'aidât, après l'avoir suivi par-derrière et avoir passé entre la haie des soldats
comme en triomphe, se réjouit quand il le vit
courir librement hors de tout danger. Il suivit
un moment la rue avec la foule, et en sortit au
premier débouché pour respirer aussi un peu
librement. A peine eut-il fait quelques pas au
grand air, au milieu de l'agitation de tant d'i-
mages, de tant de passions, de tant de souvenirs récents et confus, qu'il éprouva un grand
besoin de nourriture et de repos. Il commença
à regarder en haut d'un et d'autre côté, cherchant à trouver une enseigne d'auberge, car il
était trop tard pour aller au couvent des capucins. En cheminant ainsi la tête levée, il alla
donner dans un rassemblement. Il s'arrêta, et
il entendit qu'on y mettait en avant des conjectures, des desseins et des projets pour le lendemain. Après être resté un moment à écouter,
il ne put s'empêcher de dire aussi son mot. Il
lui semblait que celui qui avait si bien travaillé
pouvait, sans trop de présomption, donner aussi
son avis. Persuadé par tout ce qu'il avait vu en
ce jour que pour faire réussir quelque chose il
suffisait de le faire goûter par ceux qui rôdaient
dans les rues : « Messieurs, cria-t-il d'un ton d'ex-
« orde, puis-je donner aussi mon humble avis.
« Mon humble avis le voici. Ce n'est pas seule-
« ment dans l'affaire du pain que l'on commet des
« iniquités ; et puisque aujourd'hui on a vu claire-

« ment que, en se faisant entendre, on obtient
« justice, il faut marcher en avant de cette fa-
« çon jusqu'à ce qu'on ait porté remède à tous
« les autres brigandages, jusqu'à ce que le mon-
« de marche un peu plus chrétiennement. N'est-
« il pas vrai, messieurs, qu'il y a une bande de
« tyrans qui font justement tout à rebours
« des dix commandements de Dieu, viennent
« chercher les gens paisibles qui ne pensent pas
« à eux, pour leur faire toute sorte de mal, et
« au bout du compte ont toujours raison? Et
« même quand ils ont commis une scélératesse
« plus forte que de coutume, ils cheminent avec
« la tête plus haute qu'il ne leur appartiendrait
« de l'avoir. A Milan même il y en doit avoir
« quelques uns.

« — Que trop, dit une voix.

« — Je le dis, moi, reprit Renzo. On en conte
« les histoires même chez nous. Et puis la chose
« parle de soi. Supposons qu'un de ceux que je
« veux dire ait un pied au-dehors et un pied à
« Milan : si c'est un diable là-bas, sera-t-il un
« ange ici? Il me semble que non. Dites-moi
« donc un peu, messieurs, si vous avez jamais
« vu un de ces gens-là avec un air à la Ferrer!
« Mais ce qu'il y a de pis (et cela je le puis assu-
« rer), c'est qu'il y a des ordonnances imprimées
« pour les châtier, et ce ne sont point du tout
« des ordonnances en l'air : elles sont très bien
« faites ; nous ne pourrions pas en souhaiter de
« meilleures. On vous y désigne clairement les

« brigandages justement comme ils sont, et à
« chacun son bon châtiment. Et on y dit : Qui
« que ce soit, manant et plébéien, et que sais-
« je moi? Maintenant allez-moi dire aux doc-
« teurs, scribes et pharisiens, qu'ils vous fassent
« rendre la justice selon que chante l'ordon-
« nance : ils vous écoutent comme le pape les
« coquins. Il y a de quoi faire sortir un ga-
« lant homme du droit chemin. On voit donc
« clairement que le roi et ceux qui commandent
« voudraient que les coquins fussent châtiés;
« mais on n'en fait rien, parce qu'il y a une
« ligue. Il la faut donc rompre. Il faut aller
« demain matin chez Ferrer, qui est un galant
« homme, lui, un digne seigneur. On a pu voir
« aujourd'hui combien il était content de se
« trouver avec les pauvres gens, comme il cher-
« chait à entendre ce qu'on lui disait, comme il
« répondait de bonne grâce. Il faut aller chez
« Ferrer, et lui dire comment vont les choses;
« et moi, pour ma part, je lui en puis conter
« de belles, moi qui ai vu de mes propres yeux
« une ordonnance avec des armoiries long com-
« me le bras, et qui avait été faite par trois de
« ceux qui mènent tout. Leur nom était bel et
« bien imprimé au bas, et un de ces noms était
« Ferrer, que j'ai vu de mes propres yeux. Or
« cette ordonnance me donnait positivement
« raison. J'allai en conséquence dire à un doc-
« teur de me faire rendre justice, puisque telle
« était l'intention de ces trois seigneurs, parmi

« lesquels se trouvait aussi Ferrer; mais aux
« yeux de ce seigneur docteur qui m'avait mon-
« tré l'ordonnance lui-même, ce qu'il y a de
« plus beau, ah! ah! il semblait que je parlasse
« comme un fou. Je suis sûr que, quand ce cher
« vieillard entendra toutes ces belles petites cho-
« ses, car il ne les peut pas savoir toutes, sur-
« tout celles du dehors, il ne voudra plus que
« le monde aille ainsi, et il y trouvera un bon
« remède. Et puis, eux aussi, s'ils font les or-
« donnances, ils doivent avoir le désir qu'on y
« obéisse: car c'est une insulte, une épitaphe
« pour leur nom, que de les compter pour rien.
« Et si les *prepotenti* ne veulent pas baisser la
« tête et le rendent fou, nous sommes ici, nous,
« pour l'aider comme nous l'avons fait aujour-
« d'hui. Je ne dis pas qu'il doive aller rôder en
« carrosse pour coffrer tous les coquins, *prepo-*
« *tenti* et tyrans: eh! eh! il faudrait l'arche de
« Noë. Il faut qu'il ordonne à ceux que ce soin
« regarde, et non seulement à Milan, mais
« partout, de faire les choses conformément à
« ce que veulent ces ordonnances; d'intenter
« un bon procès à tous ceux qui ont commis de
« ces iniquités; et là où elles disent « Prison, »
« prison; où elles disent « Galères, » galères; et
« dire aux podestats qu'ils se comportent bien,
« sinon les envoyer promener et en mettre de
« meilleurs; et puis, comme je le dis, nous se-
« rons aussi là, nous, pour lui donner un coup
« de main. C'est l'état des docteurs d'avoir à

« écouter les pauvres gens, et de parler en fa-
« veur du bon droit. N'ai-je pas raison, mes-
« sieurs ? »

Renzo avait parlé de si bon cœur que, dès
son début, une grande partie de ceux qui étaient
rassemblés avaient laissé de côté tout autre discours, s'étaient tournés vers lui pour l'entendre, et s'étaient tous mis à l'écouter. Une
clameur confuse d'applaudissements, un « Bra-
« vo, assurément, il a raison, ce n'est que trop
« vrai, » suivit sa harangue. Les critiques ne
manquèrent pourtant pas. « Eh ! oui, » disait
l'un, « prêtez l'oreille aux montagnards ! ils
« sont tous avocats; » et il s'en allait. « Maintenant, » murmurait un autre, « tout va-nu-
« pieds voudra dire la sienne; et avec cette ra-
« ge de s'occuper de tout, on n'aura pas le
« pain à bon marché : c'est pourtant pour
« cela que nous nous sommes mis en mouve-
« ment. » Renzo pourtant n'entendit que les
compliments; qui lui prenait une main, qui
lui prenait l'autre. « Au revoir, demain. — Où ?
« — Sur la place de la cathédrale. — Oui, bien.
« — Oui, bien. — Et l'on fera quelque chose ? —
« Et l'on fera quelque chose.

« — Quel est celui de ces braves messieurs qui
« voudra m'enseigner une hôtellerie pour man-
« ger un morceau et dormir en honnête gar-
« çon ? » dit Renzo.

« — Me voilà prêt à vous servir, digne jeune
« homme, » dit quelqu'un qui l'avait écouté

prêcher très attentivement, et qui n'avait pas
encore soufflé le mot. « Je connais précisément
« une hôtellerie qui fera votre affaire ; je vous
« recommanderai au maître, qui est mon ami,
« et de plus un fort brave homme.

« — Ici près ?

« — Pas très loin. »

L'assemblée se dissipa, et Renzo, après plusieurs serrements de mains inconnues, se mit
en route avec l'inconnu en lui rendant grâce
de sa courtoisie.

« Ce n'est rien, ce n'est rien, » disait celui-ci,
« une main lave l'autre, et les deux le visage.
« Est-ce qu'on ne doit pas obliger son prochain ? »
Et tout en cheminant il faisait à Renzo, en train
de parler, tantôt une question, tantôt une autre. « Ce n'est point par curiosité, ni pour sa-
« voir vos affaires ; mais vous me semblez fati-
« gué. De quel pays venez-vous ?

« — Je viens jusque, jusque de Lecco.

« — Jusque de Lecco ! Etes-vous de Lecco ?

« — De Lecco...., c'est-à-dire du territoire.

« — Pauvre jeune homme ! Par ce que j'ai pu
« saisir de vos discours, il paraît qu'on vous en
« a fait de terribles !

« — Eh ! mon cher et digne homme ! j'ai dû
« parler avec un peu de politique pour ne pas
« dire en public mes affaires ; mais.... baste :
« quelque jour cela se saura, et alors.... Mais
« je vois là une enseigne d'auberge, et sur ma
« foi je n'ai pas envie d'aller plus loin.

« — Non, non; venez où je vous ai dit : il ne
« reste plus que peu de chemin. Là vous ne serez
« pas bien.

« — Oh! que si. Je ne suis point du tout un
« petit seigneur élevé dans du coton, moi : un
« morceau de ce que l'on voudra pour me met-
« tre dans l'estomac et un peu de paille me suf-
« fisent. Ce qui m'importe, c'est de trouver bien-
« tôt l'un et l'autre. A la garde de Dieu. » Et il
entra dans une grande porte sur laquelle pendait l'enseigne de la *Pleine-Lune*.

« C'est bien; je vous conduirai là, puisque
« vous le voulez, » dit l'inconnu, et il le suivit.

« — Je ne voudrais pas vous déranger plus
« long-temps; toutefois faites-moi la grâce de
« venir boire un verre avec moi.

« — J'accepte votre offre obligeante, » répondit celui-ci; et, précédant Renzo en homme
qui connaissait mieux les lieux, il entra dans
une petite cour; il s'approcha d'une porte vitrée,
leva le loquet, ouvrit, et s'avança avec son
compagnon dans la cuisine.

Elle était éclairée par deux lampes qui pen-
daient à deux pieux appliqués à la poutre du
plafond. Beaucoup de gens, tous en affaires,
étaient assis sur les bancs qui entouraient de
toute part une table étroite qui tenait presque
tout un côté de l'appartement; d'intervalle en
intervalle il y avait des serviettes et des viandes
servies; d'intervalle en intervalle des cartes
tournées et retournées, des dés jetés et ramassés;

partout de grandes bouteilles et des verres. On
voyait courir aussi sur la table des *berlinghe*,
des *reali* et des *parpagliole*, qui, s'ils avaient
pu parler, auraient dit probablement : « Nous
« étions ce matin dans le comptoir d'un bou-
« langer, ou dans les poches de quelque curieux,
« qui, tout occupé à voir comment iraient les
« affaires publiques, oubliait de veiller à ses
« petites affaires particulières. » C'était un tapage à n'y pas tenir. Un garçon ne faisait qu'aller et venir, tout essoufflé, pour servir en même
temps la grande et les petites tables ; l'hôte était
assis sur une banquette sous le manteau de la
cheminée, occupée en apparence à tracer sur la
cendre avec des pincettes certaines figures qu'il
traçait et effaçait tour à tour, mais très attentif au fond à tout ce qui se passait autour de lui.
Au bruit du loquet il se leva et alla à la rencontre des deux nouveaux venus. Quand il eut
vu le guide : « Maudit homme ! se dit-il, faut-
« il que tu viennes toujours te fourrer entre mes
« jambes quand je te voudrais à tous les diables !»
Jetant ensuite un rapide regard sur Renzo, il
se dit encore : « Je ne te connais pas ; mais si tu
« viens avec un tel chasseur, tu es ou un chien,
« ou un lièvre. Quand tu auras dit deux mots,
« je saurai à quoi m'en tenir. » Rien ne transpi-
rait pourtant de ce muet soliloque sur la figure
de l'hôte, figure épaisse et reluisante, immobile comme un portrait, avec une barbe épaisse
et roussâtre, et deux yeux clairs et fixes.

« Que demandent ces messieurs? dit-il.

« — D'abord un bon flacon de vin franc, dit
« Renzo, ensuite un petit morceau à manger. »
En disant cela il s'assit sur un banc, à l'un des
bouts de la table, et il poussa un *Ah!* long et
sonore, comme s'il eût voulu dire : « Cela fait
« du bien de s'asseoir après avoir été si long-
« temps sur ses pieds et en affaires. » Mais il se
souvint aussitôt de ce banc et de cette table
où il s'était assis la veille avec Lucia et avec
Agnese, et il poussa un soupir. Il secoua ensuite
la tête pour chasser cette pensée, et il vit venir
l'hôte avec du vin. Le compagnon s'était assis
en face de Renzo. Celui-ci lui versa aussitôt à
boire en disant : « Pour mouiller les lèvres, »
et ayant rempli l'autre verre, il le vida en un
instant.

« Que me donnerez-vous à manger? » dit-il
ensuite à l'hôte.

« — Un bon morceau d'étuvée? » dit celui-ci.

« — Oui, monsieur ; va pour un bon morceau
d'étuvée.

« — Vous allez être servi, » dit l'hôte à Renzo ;
et au garçon : « Servez cet étranger. »

Et il se dirigea vers le foyer. « Mais...., » re-
prit-il ensuite en se tournant de nouveau vers
Renzo, « je n'ai pas de pain aujourd'hui.

« — Du pain ! » dit Renzo à haute voix et en
riant, « la Providence y a pensé. » Il tira le troisième et dernier des pains qu'il avait ramassés
sous la croix de *San-Dionigi*, il le souleva

en criant : « Voilà le pain de la Providence! »

A cette exclamation, plusieurs se retournèrent, et voyant ce trophée en l'air, l'un d'eux s'écria : « Vive le pain à bon marché!

«—A bon marché! dit Renzo, *gratis et amore*.

« — C'est encore mieux, c'est encore mieux.

« — Mais, ajouta-t-il aussitôt, je ne vou-« drais pas que ces messieurs pensassent mal de « moi. Je ne l'ai pas du tout volé, je l'ai trouvé « par terre, et si je pouvais trouver le maître...., « je suis prêt à le lui payer.

« — Bravo! bravo! » s'écrièrent les compa-gnons en riant plus fort. Il ne vint à l'esprit d'au-cun d'eux que ces mots exprimassent sérieu-sement un fait et une intention réelle.

« Vous croyez que je plaisante; mais c'est pro-« prement cela, » dit Renzo à son guide, et fai-sant courir ce pain dans ses mains, il ajouta : « Voyez comme ils l'ont arrangé! on dirait une « fouace; mais on était les uns sur les autres! « S'il y en avait de ceux qui ont les os un peu « tendres, ils ont dû être frais. » Aussitôt après avoir mordu et dévoré trois ou quatre mor-ceaux de ce pain, il les arrosa d'un second verre de vin, et il ajouta : « Ce pain ne veut absolu-« ment pas descendre seul. Je n'ai jamais eu le « gosier si sec : j'ai tant crié!

« — Préparez un bon lit à ce jeune homme, « dit le guide, car il veut coucher ici.

« —Voulez-vous coucher ici? » demanda l'hôte à Renzo en s'approchant de la table.

« — Assurément ; je m'accommoderai du lit,
« quel qu'il soit : il suffit que les draps soient
« blancs, car je suis un pauvre garçon, mais ac-
« coutumé à la propreté *.

« — Oh ! pour cela !..... » dit l'hôte. Il alla à
son comptoir, qui était dans un coin de la cuisine, et il revint portant d'une main un encrier
et un petit morceau de papier blanc, et de l'autre une plume.

« Que veut dire cela ? » s'écria Renzo en
avalant un morceau de l'étuvée que le garçon
avait mise devant lui, et souriant ensuite d'un
air d'étonnement. « Est-ce le drap blanc, cela ? »

L'hôte, sans répondre, posa le papier sur la
table, l'écritoire près du papier, puis il se cour-
ba, appuya sur la table le bras gauche et l'extrémité du coude droit ; puis, la plume à la main
et le visage tourné vers Renzo, il lui dit : « Fai-
« tes-moi le plaisir de me dire votre nom, votre
« prénom et votre pays.

« — Qu'est cela ? dit Renzo. Qu'ont à faire
« toutes ces histoires avec le lit ?

« — Je fais mon devoir, » dit l'hôte en regardant le guide au visage. « Nous sommes obligés
« de donner un compte exact de toutes les per-
« sonnes qui viennent chez nous. « *Nom et pré-*
« *nom, et de quelle nation il sera ; pour quelle*

---

* Il y a dans le texte un jeu de mots intraduisible : *pu-
lizia* signifie à la fois police et propreté. Cela explique la
réponse de l'hôte qui prend d'abord Renzo pour un espion.

« *affaire il vient; s'il a des armes;.... combien*
« *de temps il doit s'arrêter dans cette ville :* ce
« sont les propres expressions de l'ordonnance. »

Avant de répondre, Renzo vida un autre verre :
c'était le troisième, et je crains que bientôt nous
n'en puissions plus tenir le compte. Puis il dit :
« Ah! ah! vous avez l'ordonnance! Je me pique
« d'être docteur en lois, et alors je sais quel cas
« on fait des ordonnances.

« — Je dis vrai, » répondit l'hôte en regardant
toujours le muet compagnon de Renzo. Il alla de
nouveau au comptoir, en tira une grande feuille
de papier : c'était un exemplaire de l'ordonnance,
qu'il vint déployer sous les yeux de Renzo.

« Ah! voilà! » s'écria celui-ci en haussant
d'une main le verre qu'il avait rempli de nouveau et qu'il vida aussitôt; puis étendant la main
vers l'ordonnance déployée, et allongeant l'index : « Voilà ce beau chiffon de papier. Je m'en
« réjouis beaucoup. Je connais ces armes; je sais
« ce que veut dire cette figure de païen avec un
« lacet au cou. » (En tête des ordonnances on
mettait alors les armes du gouverneur; et dans
celles de don Gonzalo Fernandez de Cordoue on
voyait un roi maure enchaîné par la gorge.) « Cette
« figure signifie : Commande qui peut, et obéit
« qui veut. Quand cette figure aura fait aller
« aux galères le seigneur don... Baste, je le sais,
« moi; comme il le dit dans un autre chiffon de
« papier semblable à celui-ci. Quant il aura pris
« ses mesures pour qu'un jeune homme honnête

« puisse épouser une jeune fille honnête qui l'é-
« pouse librement et de son plein gré, alors je
« dirai mon nom à cette figure; je lui ferai mê-
« me un baiser par-dessus le marché. Je peux
« avoir de bonnes raisons pour ne pas dire mon
« nom. Ce serait beau, vraiment! Et si un bri-
« gand, qui aurait sous son commandement une
« autre bande de brigands, parce que, s'il était
« seul.... » Ici il acheva la phrase avec un geste.
« Si un brigand voulait savoir où je suis, pour
« me jouer quelque mauvais tour, je vous de-
« mande si cette figure se remuerait le moins du
« monde pour me secourir? Est-ce que j'ai be-
« soin de dire mes affaires! Celle-là est nouvelle
« aussi! Je suis venu à Milan pour me confesser,
« c'est une supposition; mais je me veux con-
« fesser à un père capucin, c'est une manière de
« parler, et non à un hôte. »

L'hôte se taisait, et regardait pourtant l'ordonnance; elle ne désignait point le cas. Renzo
avala un autre verre, et poursuivit : « Je te vais
« pousser un argument, mon cher hôte, qui te
« fera ouvrir les yeux. Si les ordonnances qui
« parlent bien en faveur des bons chrétiens ne
« valent rien, celles qui parlent mal doivent à
« plus forte raison ne rien valoir. Laisse donc de
« côté tous ces embrouillamini, et porte-moi en
« échange un autre flacon, parce que celui-ci
« est percé. » En disant cela il le frappa légèrement de la main, et il ajouta : « Entends-tu
« comme il sonne creux? »

Le discours de Renzo avait encore cette fois attiré l'attention de toute la compagnie ; et quand il eut fini, il s'éleva un murmure général de faveur.

« Que faut-il faire? » dit l'hôte en regardant cet inconnu, qui n'en était pas un pour lui.

« — Allons , allons , » s'écrièrent beaucoup de ces compagnons, « cet étranger a raison : ce sont « des vexations, des tromperies, des gabelles. Loi « nouvelle aujourd'hui, loi nouvelle. »

Au milieu de ces cris , l'inconnu, lançant à l'hôte un regard de reproche pour cette interpellation trop claire , dit : « Laissez - le un peu « faire à sa manière ; ne faites pas de scan- « dale.

« — J'ai fait mon devoir, » dit l'hôte à haute voix ; et à part soi : « Maintenant j'ai le dos à « couvert. » Il prit le papier, la plume, l'écritoire, l'ordonnance, et le flacon vide pour le remettre aux mains du garçon.

« Donne-moi du même , dit Renzo, car je « le trouve honnête ; et nous l'enverrons dormir « avec l'autre sans lui demander ni son nom , ni « son prénom , ni ce qu'il vient faire , ni s'il doit « rester long-temps dans cette ville.

« — Du même , » dit l'hôte au garçon en lui donnant le flacon ; et il retourna s'asseoir sous le manteau de la cheminée. « Ce n'est pas autre « chose qu'un lièvre , » pensait celui-ci en jouant toujours avec les cendres. « Et en quelles mains « tu es tombé, grand imbécille ! Si tu te veux

« noyer, noie-toi ; mais l'hôte de la *Pleine-Lune*
« n'ira pas s'embourber pour tes folies. »

Renzo rendit grâces à son guide et à tous ceux
qui avaient pris son parti. « Dignes amis ! dit-
« il, je vois maintenant que les braves gens se
« donnent la main et se soutiennent. » Ensuite,
en frappant sur la table, et en se mettant en at-
titude d'orateur, « N'est-ce pas une chose uni-
« que, s'écria-t-il, que tous ceux qui mènent les
« affaires veuillent faire entrer papier, plume et
« écritoire ! Toujours la plume en l'air ! Quelle
« fureur de se servir toujours de la plume !

« — Ehi ! jeune et digne étranger ! en voulez-
« vous savoir la raison ? » dit en riant un des
joueurs qui gagnait.

« — Voyons un peu, répondit Renzo.

« — La raison en est que, comme ces seigneurs
« mangent les oies, ils se trouvent ensuite avoir
« tant et tant de plumes, qu'il faut bien qu'ils en
« fassent quelque chose. »

Tous se mirent à rire, hors le compagnon qui
perdait.

« Oh ! oh ! dit Renzo, c'est un poète celui-là.
« Vous avez aussi des poètes ici ! Il en naît par-
« tout maintenant. J'en ai aussi une veine, moi,
« et j'en dis quelquefois de belles....., mais quand
« les choses vont bien. »

Pour comprendre cette facétie du pauvre Renzo, il faut savoir qu'aux yeux du vulgaire de
Milan, et surtout des environs, poète ne signifiait point alors, comme chez tous les hommes

bien nés, un esprit sublime, un habitant du Pinde, un nourrisson des muses : cela signifiait au contraire un cerveau bizarre et un peu fêlé, qui, dans ses discours et dans ses actions, avait plus de piquant et d'étrangeté que de raison. Tant ce gâte-métier de vulgaire est porté à faire violence aux mots, et à leur faire dire les choses les plus éloignées de leur vrai sens ! car, je vous le demande, qu'a de commun le mot poète avec cerveau fêlé ?

« Mais je dirai, moi, la véritable raison, « ajouta Renzo. C'est parce que ce sont eux qui « tiennent la plume. Les paroles qu'ils lâchent « volent dans l'air et ne laissent pas de traces; ils « sont bien attentifs au contraire aux moindres « paroles d'un pauvre garçon ; et vite, vite, ils « les enfilent à la volée avec cette plume, et les « clouent sur le papier pour s'en servir en temps « et lieu. Ils ont ensuite aussi une autre malice. « Quand ils veulent embrouiller un pauvre gar- « çon qui ne sait pas lire, mais qui a un peu « de..... je m'entends bien.... ; » et pour se faire comprendre il frappait son front avec le bout de l'index ; « et quand ils s'aperçoivent qu'il com- « mence à comprendre l'imbroglio, zeste, ils « fourrent dans le discours quelques mots latins « pour lui faire perdre le fil, pour lui faire per- « dre l'escrime, pour lui embrouiller la tête. « Baste, il faut en faire perdre l'usage ! Aujour- « d'hui on a tout très bien fait à la manière du « peuple, et sans papier, plumes ni écritoire.

« Demain, si le monde sait se gouverner, on fera
« encore mieux, sans ôter un cheveu de la tête à
« qui que ce soit, pourtant : tout par les voies de
« la justice. »

Cependant quelques uns des compagnons s'é-
taient mis à jouer, d'autres à manger, beaucoup
à crier ; quelques uns s'en allaient ; il en revenait d'autres. L'hôte avait des attentions pour
tous ; mais ces sortes de choses n'ont que faire
avec notre histoire. Le guide inconnu ne faisait
pas mine de vouloir s'en aller ; il n'avait, à ce
qu'il semblait, aucune affaire dans ce lieu, et
pourtant il ne voulait pas partir avant d'avoir
jasé encore un peu avec Renzo en particulier. Il
se tourna vers lui, et reprit la conversation sur
le pain. Après quelques unes de ces phrases qui,
depuis quelque temps, couraient dans toutes les
bouches, il accoucha des siennes.

« Eh ! si je commandais, moi, je trouverais le
« moyen de bien faire aller les choses.

« — Comment feriez-vous ? dit Renzo, en le
regardant avec deux yeux plus brillants que de
coutume, et en tordant un peu la bouche comme
pour être plus attentif.

« — Comment je ferais ? Je voudrais qu'il y
« eût du pain pour tout le monde, tant pour les
« pauvres que pour les riches.

« — Ah ! c'est très bien cela.

« — Voici comment. Je fixerais une *meta* rai-
« sonnable, à la portée de tout le monde ; ensuite
« on distribuerait le pain en raison des bouches,

« parce qu'il y a des goulus indiscrets qui veu-
« lent tout pour eux, pillent tout, raflent tout,
« et puis les pauvres gens manquent de pain. Il
« faut donc partager le pain. Et comment faire ?
« le voici. On donnerait un bon billet à chaque
« famille, en proportion des bouches, pour aller
« prendre le pain chez les boulangers. A moi,
« par exemple, on me devrait délivrer un billet
« ainsi conçu : Ambrogio Fusella, fourbisseur de
« profession, avec une femme et quatre enfants,
« tous en âge de manger du pain (notez bien
« cela) ; qu'on lui donne tant de pain, et qu'il
« paie tant. Mais il faudrait faire les choses jus-
« tes, toujours en raison des bouches. A vous,
« par supposition, il faudrait vous faire un billet
« pour...... Votre nom ?

« — Lorenzo Tramaglino, » dit le jeune homme. Enchanté du projet, il ne réfléchit pas qu'il
reposait tout entier sur le papier, la plume et l'é-
critoire ; et que, pour le mettre à exécution, le
premier point c'était d'inscrire les noms des personnes.

« — Très bien, dit l'inconnu. Mais avez-vous
« femme et enfants ?

« — Je devrais bien..... Des enfants, non.... :
« c'est trop tôt..,... ; mais une femme....... Si le
« monde allait comme il devrait aller.....

« — Ah ! vous êtes seul ! Alors ayez patience :
« on vous donnerait une portion plus petite.

« — C'est juste. Mais si bientôt, comme je
« l'espère....., et avec l'aide de Dieu....., suf-

« fit. Quand j'aurai aussi une femme, moi ?

« —Alors on change le billet, et l'on augmente
« la portion. Comme je vous l'ai dit, toujours
« en raison des bouches, » dit l'inconnu en se levant du banc.

« — Ce serait très bien ainsi, » s'écria Renzo ;
et il poursuivit en criant et en tapant du poing
sur la table : « Et pourquoi ne fait-on pas une
« loi de cette manière ?

« — Que voulez-vous que je vous dise, moi ?
« En attendant je vous souhaite une bonne nuit,
« et je m'en vais, car je pense que ma femme
« et mes enfants sont depuis long-temps à m'at-
« tendre.

« — Une autre rasade, une autre rasade, »
criait Renzo en remplissant en toute hâte le verre
de cet homme ; et s'étant levé, et le saisissant par
un bout du pourpoint, il le tirait de toutes ses
forces pour qu'il s'assît de nouveau. « Une autre
« rasade ; ne me faites pas cet affront. »

Mais l'ami se dégagea par une secousse ; puis
laissant Renzo faire un déluge d'instances et de
reproches, il lui dit de nouveau : « Bonne nuit, »
et s'en alla. Renzo lui parlait encore qu'il était
déjà dans la rue ; et puis il retomba d'aplomb
sur le banc. Il regarda ce verre qu'il avait rempli jusqu'au bord ; et voyant passer le garçon devant la table, il le retint avec un signe de main,
comme s'il avait quelque affaire à lui communi-
quer. Il lui montra le verre du doigt ; et avec

un accent lent et solennel, prononçant les mots
d'un certain air particulier : « Voilà ! dit-il. Je
« l'avais préparé pour ce galant homme ; vous
« voyez, il est plein, il déborde : c'est bien pour
« un ami ; mais il n'en a pas voulu. Quelquefois
« les gens ont de singulières idées. Je n'y peux
« mais : j'ai montré mon bon cœur. Mais main-
« tenant, puisque la chose est faite, il ne la faut
« pas laisser perdre. » Cela dit, il prit le verre
et le vida d'un trait.

« Je comprends, » dit le garçon en s'en allant.

« — Ah ! vous comprenez, vous aussi ! C'est
« donc vrai. Quand les raisons sont justes….! »

Ici il ne faut rien moins que tout l'amour que
nous avons pour la vérité pour nous faire poursuivre fidèlement un récit qui fait si peu d'honneur à un personnage si principal, nous pourrions presque dire au héros de notre histoire.
Toutefois cette même impartialité dont nous
faisons profession nous oblige aussi d'avertir le
lecteur que c'était la première fois qu'une chose
semblable arrivait à Renzo. Et ce fut précisément le peu d'habitude qu'il avait de la dé-
bauche qui fut cause en grande partie que la
première lui fut si funeste. Ce peu de verres qu'il
avait avalés d'abord l'un après l'autre contre
son habitude, soit pour éteindre le feu de sa
gorge, soit à cause d'une certaine altération
d'esprit qui ne lui laissait rien faire avec mesu-

re, lui portèrent subitement à la tête. Ce n'eût
rien été pour un buveur un peu exercé. Là-
dessus notre anonyme fait une observation que
nous répéterons, vaille que vaille. «Les habi-
« tudes honnêtes et modérées, dit-il, ont en-
« core cet avantage, que plus elles sont vieilles
« et enracinées chez un homme, et plus, quand
« il s'en veut dévier, il en ressent à l'instant
« du dommage, ou de l'incommodité, ou au
« moins de l'embarras, de sorte qu'il en a en-
« suite de quoi se souvenir pour quelque temps.
« Une faute même lui sert de leçon. »

Quoi qu'il en soit, quand ces premières fumées
eurent monté au cerveau de Renzo, vin et paroles continuèrent à aller l'un sur l'autre sans
règle ni mesure. Au moment où nous l'avons
laissé, il était déjà comme il pouvait. Il se sentait une grande envie de parler; ses auditeurs,
ou du moins ceux qu'il pouvait prendre pour
tels, ne manquaient pas; et pendant quelque
temps encore les mots avaient marché d'un assez
bon train, et s'étaient laissé arranger dans un
certain ordre. Mais peu à peu cette affaire d'a-
chever les phrases commença à devenir pour lui
extrêmement difficile. La pensée qui s'était présentée vive et décidée à son esprit s'évanouis-
sait et se dissipait tout à coup en nuage, et le
mot, après s'être fait attendre un moment, n'é-
tait pas celui qui s'ajustait au propos. Dans
cette perplexité, par un de ces faux instincts

qui en tant de circonstances perdent les hommes,
il recourait à ce bienheureux flacon. Mais de
quels secours lui pouvait être le flacon dans une
telle circonstance ?

Nous rapporterons seulement quelques mots
des innombrables discours qu'il tint dans cette
malheureuse soirée. Ceux que nous omettons
sont trop extravagants, parce que non seulement ils n'ont pas de sens, mais même ils n'ont
pas l'air d'en avoir, condition nécessaire dans
un livre imprimé.

« Ah ! l'hôte, l'hôte ? » recommença-t-il, en
le suivant de l'œil autour de la table, ou sous
le manteau de la cheminée, souvent en le regardant fixement où il n'était pas, et en parlant
toujours au milieu du tapage de la compagnie.
« Hôte que tu es ! Je ne peux pas la digérer....
« cette demande de nom, prénom et affai-
« re. A un bon garçon comme moi !...... Tu
« ne t'es pas bien comporté. Quelle satisfaction,
« quel avantage, quel plaisir.... de coucher sur
« le papier un pauvre garçon ? N'ai-je pas rai-
« son, dites, messieurs ? Les hôtes devraient
« tenir aux bons garçons.... Ecoute, écoute,
« l'hôte, je te veux faire une comparaison....
« pour la raison.... Ils rient, eh ? Je suis un peu
« gai....; mais je dis bien les choses. Dis-moi un
« peu, qui est-ce qui fait aller ta boutique ? Les
« pauvres garçons, n'est-il pas vrai ? Regar-
« de un peu si ces seigneurs des ordonnances

« viennent jamais chez toi s'humecter la bouche.

« — Ce sont toutes gens qui ne boivent que de
« l'eau , » dit un voisin de Renzo.

« — Ils veulent garder leur bon sens, ajouta
« un autre, pour pouvoir dire proprement des
« mensonges.

« — Ah ! s'écria Renzo , maintenant c'est le
« poète qui a parlé. Entendez donc aussi ma
« raison. Réponds donc, l'hôte. Et Ferrer, qui
« est le meilleur de tous, est-il jamais venu ici
« boire à la santé de quelqu'un, et dépenser la
« moitié d'un liard ? Et ce chien d'assassin de
« don....? Je me tais, parce que je suis aussi
« trop en train de jaser. Ferrer et le père Crrr...,
« je m'entends, sont deux excellents hommes ;
« mais il y a bien peu d'excellents hommes. Les
« vieux sont pires que les jeunes ; et les jeunes...
« sont pires encore que les vieux. Je suis pour-
« tant enchanté qu'il n'y ait pas eu de sang : ce
« sont de ces horreurs qu'il faut laisser faire au
« bourreau. Du pain, oh ! pour cela, oui. J'ai
« reçu diablement de poussées ; mais.... j'en
« ai aussi passablement donné. Place ! abondan-
« ce ! *vivat !*..... Et pourtant Ferrer aussi.....
« Quelques mots en latin.... *Si es baraos trapo-*
« *lorum....* Malheureux défaut ! *Vivat !* justice !
« pain ! Ah ! voilà des mots parfaits !.... C'était
« là qu'il fallait de ces.... quand se fit entendre
« ce maudit ton, ton, ton, puis encore ton, ton,
« ton. Il ne s'agissait point du tout de fuir alors,

« mais de tenir là ce seigneur curé.... Je sais
« à quoi je pense ! »

A ces mots il baissa la tête, et il resta quelque temps comme absorbé par une idée; puis
il poussa un grand soupir, et leva la tête avec
un air, avec deux yeux si enflammés, avec une
émotion si forte, que malheur à celui qui la
causait, s'il l'avait pu voir en ce moment. Mais
ces hommes qui avaient déjà commencé à s'a-
muser de l'éloquence passionnée et embrouillée
de Renzo s'amusèrent encore plus de son air
ému. Les plus voisins disaient aux autres :
« Regardez donc ! » Et tous se tournaient vers
lui, si bien qu'il devint le point de mire de
toute la compagnie. Non pas que tous fussent
dans leur bon sens ou dans celui où ils étaient
d'ordinaire; mais, à vrai dire, personne n'en
était autant sorti que le pauvre Renzo, et par-
dessus tout il était étranger. Ils se mirent tantôt
l'un, tantôt l'autre, à l'exciter avec des questions sottes et impertinentes, et avec des civi-
lités moqueuses. Lui, tantôt faisait mine de
s'en fâcher; tantôt prenait la chose en riant;
tantôt, sans prendre garde à tous ces propos,
parlait de tout autre chose; tantôt répondait,
tantôt interrogeait, toujours à rebours et hors
de sens. Par bonheur, dans cette espèce de
folie, il lui était resté comme une attention
d'instinct de ne pas prononcer les noms des personnes, de manière que celui même qui devait

être le plus profondément gravé dans sa mémoire ne fut pas proféré dans ce lieu. Nous aurions trop souffert si ce nom, pour lequel nous éprouvons nous-même un peu d'amour et de respect, eût été déchiré par ces sales bouches et fût devenu le divertissement de ces langues maudites.

FIN DU TOME SECOND.